# ET L'ÉTÉ REVIENDRA

Bien écrit
mais démoralisant —

# DU MÊME AUTEUR

*Chez le même éditeur*

L'ANGÉLUS DE MINUIT, 1989
LE ROI EN SON MOULIN, 1990
LA NUIT DES HULOTTES, 1991
Prix RTL-Grand Public 1992
Prix du Printemps du livre 1992
Grand Prix littéraire de la Corne d'or limousine 1992
LE PORTEUR DE DESTINS, Seghers, 1992
Prix des Maisons de la presse 1992
LES CHASSEURS DE PAPILLONS, 1993
Prix Charles-Exbrayat 1993
UN CHEVAL SOUS LA LUNE, 1994
CE SOIR, IL FERA JOUR, 1995
Prix Terre de France, *La Vie*, 1995
L'ANNÉE DES COQUELICOTS, 1996
L'HEURE DU BRACONNIER, 1997
LA NEIGE FOND TOUJOURS AU PRINTEMPS, 1998
LES FRÈRES DU DIABLE, 1999
LYDIA DE MALEMORT, 2000
LE SILENCE DE LA MULE, 2001
LE VOLEUR DE BONBONS, 2002
LUMIÈRE À CORNEMULE, 2002
DES ENFANTS TOMBÉS DU CIEL, 2003
LA COULEUR DU BON PAIN, 2004
LES COLÈRES DU CIEL ET DE LA TERRE, 2005
1. LA MONTAGNE BRISÉE
2. LE DERNIER ORAGE
JUSTE UN COIN DE CIEL BLEU, 2006
NOUS IRONS CUEILLIR LES ÉTOILES, 2007

(voir la suite en fin de volume)

GILBERT BORDES

# ET L'ÉTÉ REVIENDRA

roman

ROBERT LAFFONT

© Éditions Robert Laffont, S.A., Paris, 2008
ISBN 978-2-221-10662-4

Le soleil couchant illumine la Loire ; des formes mouvantes s'enlacent, dansent, jouent sur le courant régulier. De sa chaise près de la table encombrée d'assiettes sales, Margot de Morlay vide d'un trait son verre qu'elle remplit de nouveau. La vieille femme repousse ses lourds cheveux gris, hume un instant l'haleine du fleuve. Geordeaux, son domestique, est parti en forêt avec ses chiens. C'est l'heure où le vin fait revivre les fantômes de son immense château, la replonge dans un passé qui la hante toujours et remet à vif des haines vieilles de quarante ans.

Son regard ne quitte pas le miroir de la Loire et la campagne environnante que découpe sa fenêtre. Les collines retrouvent leur calme, les ouvriers du Chaumont sont rentrés chez eux. Des tourterelles chantent.

— Le Chaumont ! murmure Margot. Le domaine d'où viennent tous les malheurs et pour lequel on a commis les pires actes. Je le hais, et pourtant je suis là, dans ce vieux château, à faire front.

Elle vide un autre verre. Le vin lui met un peu

de gaieté au cœur et va bientôt la plonger dans un sommeil sans cauchemars. Elle se lève difficilement de sa chaise dont la paille s'effrite, va à la fenêtre en s'appuyant sur la table.

— C'est son heure !

Sur sa droite, la Loire forme une large boucle autour du Chaumont avant de revenir frôler le château qui se dresse, imposant, sur sa butte. Devant elle, après le bosquet, les bâtiments du domaine entourent la cour pavée de la ferme où Margot jouait quand elle était enfant. Derrière la vaste maison de sa famille, les Laurrière, le moutonnement des collines se dore au soleil couchant. Un homme maigre, de haute taille, marche sur le chemin de terre entre les pommiers.

— Albin va faire son inspection du soir. Je parie qu'avant dix pas il se sera retourné.

En effet, l'homme s'arrête à mi-pente, regarde d'abord ses rangées de fruitiers, puis la Loire en contrebas, et enfin dans la direction de Margot.

— Je sais ce que tu penses : le château reviendra à ton fils ou à tes petits-enfants puisque tu es mon frère. Ainsi la boucle sera bouclée, mais n'oublie pas qu'il y a Robert Maçon, le neveu de mon mari, un Morlay par sa mère qui ne cesse de réclamer sa part...

Elle boit un autre verre de vin, reste un long moment la tête posée sur la nappe cirée dont la fraîcheur lui fait du bien. Chaque soir, c'est la même chose : le passé revient la harceler, car Margot est généreuse. La haine qu'elle affiche n'est qu'une défense, et, si elle hait son frère, c'est de n'avoir pu l'aimer.

— Tu paies ta méchanceté. Ton fils unique, Clément, se désintéresse du Chaumont ; la preuve ; il est devenu représentant de commerce pour te fuir. Et puis il joue ! Oui, il joue, ce n'est pas bon pour les affaires.

Elle soupire. Margot sait bien que souhaiter le mal aux autres ne conduit qu'à sa propre perte, mais c'est ainsi, c'est écrit depuis longtemps.

— Maudit soit le Chaumont ! Il m'a obligée à épouser un demeuré pour exister !

Encore une lampée de vin. La bouteille est vide, Margot entreprend d'aller en chercher une autre dans le placard. Ses gestes sont maladroits ; elle doit s'y reprendre à plusieurs reprises pour enlever le bouchon pourtant à peine enfoncé dans le goulot.

— Le comte Charles de Morlay, mon beau-père, était un homme généreux. Il haïssait les Laurrière qu'il accusait d'avoir agi sans honneur pour dépouiller sa famille des terres du Chaumont. Pourtant, il m'aimait : « Tu es une Laurrière, toi aussi, me disait-il souvent, mais tu ne ressembles pas aux autres ! »

Chaque soir, quand la lumière s'assombrit sur la Loire, Margot pense aux dernières heures du comte. Il était sur son lit, terrassé par une attaque. Il respirait difficilement. Margot, assise à son chevet, lui tenait la main.

— Ils ont tout eu, sauf le château. Jure-moi, ma fille, jure-moi que tu ne le vendras jamais à ton frère !

— Je vous le jure ! avait dit Margot en pressant sa tête contre celle du moribond.

À cet instant, ils pensaient tous les deux à la même personne. Le comte, homme tranquille, peu rusé, montrait à cette heure ultime une clairvoyance qui lui avait toujours fait défaut.

— Marie était la beauté même, elle réchauffait mon vieux cœur. C'est bien qu'elle soit partie.

Margot se tenait toujours serrée contre lui, comme pour lui donner un peu de cette vie dont son jeune corps débordait.

— Méfie-toi de Maçon ! C'est un rustre ! Anne le pousse à venir réclamer sa part. J'ai tout prévu sur mon testament. Elle aura mes possessions en Sologne, rien de plus.

— Qui vous parle de mourir ?

Il avait légèrement secoué la tête.

— Te souviens-tu ? avait-il poursuivi d'une voix de plus en plus faible. Tu venais jouer du piano au château, en te cachant parce que ton père t'aurait grondée. Tu jouais sans jamais les avoir appris des petits airs qui me ravissaient ! C'est moi qui t'ai poussée dans les bras de ce pauvre Henri pour que tu deviennes ma véritable fille.

— Vous êtes mon seul père ! avait murmuré Margot à l'oreille du mourant.

— Je sais que tu ne m'as jamais trahi !

Ce furent ses derniers mots ; il devait encore penser à Marie. Une servante venue d'un hameau voisin. Si belle, si élégante, si vive que le comte, veuf depuis quelques années, l'avait prise à son service. Il la voulait tout le temps auprès de lui. Albin Laurrière était à cette époque un superbe jeune homme, distant, froid. Il plaisait aux femmes et Marie ne lui résista pas longtemps. Quand celle-ci eut accouché d'un petit garçon contrefait, Margot dut déployer toute sa diplomatie pour empêcher le comte d'inscrire cet avorton sur son testament. Et puis Marie disparut avec le prétendu trésor du comte, des colliers de diamants qu'il aurait achetés après la vente de ses immeubles à Orléans. La rumeur courait qu'elle avait été enfermée dans un sac et jetée dans le lac de Corcambron. Mais l'enquête de gendarmerie demandée par le comte lui-même après les affirmations d'une folle, une certaine Jeanne Viroflet, n'avait rien donné.

Margot a la tête lourde du sommeil des ivrognes. Le soleil s'est couché ; le soir d'été est plein des crissements d'insectes. La nuit sans lune a enveloppé la Loire et les collines du Chaumont. La vieille femme se met sur ses jambes, trébuche à chaque pas. Heureusement, son lit est dans la pièce voisine, un ancien cellier qu'elle a aménagé en chambre à coucher. L'immense château craque, grince, gémit.

— Il faudrait si peu de chose pour que tout ça revienne au grand jour, que le passé se mélange au présent. Le poids d'un cheveu suffirait à faire basculer le silence... Je m'en réjouis, Albin, mon frère. On dit que Clément montre une ardeur peu commune au poker, surtout quand il perd !

Clément Laurrière a perdu.

Il entre dans sa chambre d'hôtel. Le jour s'est levé, le Paris laborieux se réveille, les moineaux piaillent sur les platanes. Lui, le noctambule, n'a pas sommeil. Il ouvre son carnet de chèques, regarde les chiffres inscrits à la hâte sur les talons, fait un rapide calcul : près de quinze mille euros. Un record depuis qu'il joue au poker. Jusqu'à présent, il se contentait de miser de petites sommes, les gains comblaient généralement les pertes. Cette fois, il a franchi la frontière de l'interdit.

Sa dette n'est pas insurmontable. Clément gagne bien sa vie en parcourant la moitié nord de la France où il s'est fait une bonne clientèle de restaurateurs, et Fabienne, sa femme, professeur de français à Gien, suffit aux besoins de leurs deux enfants, Arthur et Manon. Ce soir, il va se rattraper. Il inventera un dîner d'affaires avec un client important pour ne pas rentrer au Chaumont. Il mentira une fois de plus tout en jubilant de sa liberté qui lui permet de passer une nouvelle nuit avec les cartes.

C'est vrai, il a juré à Fabienne d'arrêter le

poker, mais c'est plus fort que lui. Dès qu'il quitte le Chaumont, il oublie sa femme, ses enfants, sa famille. Il oublie surtout son père pour ne penser qu'au jeu, à l'excitation extrême qu'il ressent et que rien au monde ne peut remplacer. Un besoin de domination, de victoire sur le destin, de conquête, d'affrontement, avec la certitude que le monde est à conquérir.

Son refus de se consacrer à la terre de ses ancêtres l'a poussé sur les routes. Il avait besoin de liberté, loin de la forêt d'Orléans qui vient lécher les bornes du Chaumont, de la Loire majestueuse, reflet de l'univers, chemin de lumière où grandissent et meurent les saisons. La vie itinérante du voyageur de commerce l'attire, l'inconstance du visiteur qui ne s'arrête jamais longtemps.

Il se couche, cherche le sommeil, mais, malgré lui, il rejoue les parties qui l'ont poussé à l'échec. Il n'a pas su se défendre. La victoire se mérite, elle se conquiert par un don total de sa personne. Si Clément veut gagner pour de bon, il doit cesser de fréquenter des amateurs qui occupent en jouant leurs longues soirées à l'hôtel. Ses pertes viennent de là : il joue en dessous de ses moyens ; le risque n'est pas suffisant pour qu'il mobilise toutes ses ressources. Il n'atteint pas le sommet de l'excitation, la bulle de concentration indispensable. Dans les salles réservées aux gens fortunés, les mises ne sont jamais inférieures à dix mille euros. Il n'a jamais osé les aborder, retenu par la crainte paysanne de dilapider en quelques heures un patrimoine acquis par plusieurs générations de Laurrière. Ce reste d'éducation inculquée par un père qui ne pense qu'au domaine a été sa première erreur. Pour gagner, il devra se mettre le couteau sous la gorge et ne pas oublier qu'un premier faux pas ne se rattrape jamais.

Il somnole une heure ou deux, prend une douche et se sent dispos pour une journée en dehors de la capitale. Plusieurs rendez-vous dans le Loiret, dont le dernier à Orléans, lui permettraient de rentrer au Chaumont ce soir, mais il reviendra à Paris. Il consulte sa montre, prend son téléphone portable, écoute le message de Fabienne qui date de la veille, puis regagne sa voiture. Il pense toujours au jeu, convaincu que son erreur a été de se gonfler comme un dindon, de se pavaner parmi des nains, des minables. La chance se caresse dans le sens du poil, s'apprivoise mais aussi se force. C'est une fille : au-delà du plaisir de voir ses courtisans montrer les dents, elle aime être dominée par le plus audacieux. Alors, elle se fait chatte, demande des caresses, se donne. La chance n'appartient qu'aux plus forts, c'est une loi incontournable !

Sa décision est prise et c'est déjà le début de la victoire. Sa place est avec les véritables joueurs, ceux qui n'hésitent pas à mettre tout ce qu'ils possèdent sur la table, pour quelques secondes d'un plaisir inouï. La vérité, c'est qu'il s'ennuie avec les joueurs occasionnels qui gagent des morceaux d'allumettes.

Il a vaguement conscience de faire un pas de plus vers la déchéance, de toucher à l'intouchable, de dépasser le point de non-retour. Risquer le vaste et riche domaine du Chaumont avec ses six cents hectares de bonnes terres et de vergers, la belle maison bourgeoise où habitent ses parents, la maison neuve, lui donne un agréable vertige, une peur qui ressemble à l'ivresse.

Le soleil s'élève au-dessus des immeubles, il fait chaud. Au Chaumont, son père, Baptiste et les employés sont déjà dans les pommeraies en train de ramasser le surplus de fruits. Son père va des uns aux autres, dispense ses conseils, ses ordres. Arthur et Manon se disputent. Le garçon part pêcher les ablettes dans la Loire, sa sœur le suit, l'imite, à moins qu'elle ne monte Capucin, un grand cheval des Ardennes. Et Fabienne ? Où est Fabienne à cette heure où le fleuve concentre toute la lumière du monde, Fabienne qu'il ne rejoindra pas ce soir pour courtiser sa rivale, la chance ? Elle rêvait d'un mari présent, attentif, père soucieux de l'éducation de ses enfants, elle a épousé un absent. Fabienne n'est pas heureuse, il en a conscience. Mais lui, l'est-il ?

Il reste sur cette question sans réponse, sort de Paris par l'A 10 et se rend chez son premier client, à Chartres. À midi, après avoir enregistré une grosse commande, il appelle enfin sa femme pour lui annoncer la bonne nouvelle, qui lui permet de glisser la mauvaise.

— Oui, en une matinée, j'ai presque réalisé mon chiffre d'affaires du mois. Le mauvais côté, c'est que je suis obligé d'inviter à dîner ce soir le grand patron de la chaîne Mape. J'espère en tirer une commande dix fois plus importante que celle de Chartres.

Un long silence suit cette affirmation. Clément

en mesure la lourdeur, le poids de déception, l'exaspération.

— Ça veut dire que tu ne rentres pas ce soir ?

— Oui. Je te demande de comprendre. Je ne peux pas faire autrement. Les temps sont durs, si je ne me bats pas...

— Bien sûr ! fait Fabienne en coupant la communication.

Clément garde un moment le téléphone muet collé contre son oreille. Il entend les bruits de la rue, comme venus de très loin, à moins qu'il ne soit lui-même sorti de la réalité. La déception de Fabienne l'écrase, le met en face de son monstrueux mensonge, de son égoïsme si proche de celui qui le fait fuir son père, de sa dépendance au jeu, simple amusement au début, bravade devenue essentielle en quelques années.

Dans l'après-midi, il visite un deuxième client à Orléans, enregistre une nouvelle commande qui le déculpabilise de retourner à Paris. À mesure que les heures passent, un pincement aigu le tenaille à l'estomac, cette merveilleuse douleur qu'il ressent comme l'annonce d'un bonheur total, d'un oubli parfait, du temps où seuls les cartes et son savoir-faire fixent la révolution des planètes. Pour ce pincement, pour ce plaisir annoncé, fait de l'espoir fou de gagner et de la peur de perdre, il se sait prêt à toutes les trahisons familiales, à toutes les lâchetés.

Il rentre à son hôtel puis sort marcher au hasard des rues. Il aime l'odeur des trottoirs en été ; poussière, gomme de pneu, gaz d'échappement, parfums à bas prix se mêlent dans une lumière que le soir épaissit. Le mystère de la grande ville, son immense diversité s'offrent à lui avec ses tentations. La chance est là, il a rendez-vous avec la plus folle, la plus fantasque, la plus aguichante des maîtresses, celle qui se refuse quand on la désire le plus, mais qui sait aussi se donner sans compter quand on ne l'attend plus.

Il se rend dans un café des Champs-Élysées fréquenté par des dandys, des vedettes du show-biz, de riches héritiers rongés par l'ennui, des rois du pétrole de passage dans la capitale. Le spectacle de leur fortune aiguise son désir.

Une salle est réservée aux joueurs, en retrait des touristes et des flâneurs du soir, une salle sans bruit où chacun peut se concentrer sur son jeu. Clément manifeste son intention de jouer, un employé l'avertit du montant habituel des mises. On lui propose une place à une table de cinq personnes qui le dévisagent avant d'échanger un regard amusé. Ce n'est pas la première fois qu'ils s'occupent d'un de ces météores, le temps de vider son carnet de chèques et de rire de sa déconvenue.

Sept heures du soir. Les ouvriers sont partis du Chaumont ; le soleil descend lentement vers la Loire qui se pare d'or et d'argent. Albin Laurrière vérifie des factures dans son bureau quand le téléphone lui arrache une grimace contrariée. Il n'aime pas ce travail administratif et s'en débarrasse au plus vite pour pouvoir passer le plus de temps possible dans ses pommeraies et ses champs. Sa vie n'a de sens qu'au grand air, pas dans cette pièce où n'entre jamais le soleil.

Il tend la main sans lever la tête de ses comptes, porte le combiné à son oreille ; alors son visage se fige, il pousse un cri rauque, sorte de rugissement d'animal blessé. Line arrive aussi vite que le lui permet son fauteuil roulant. Elle trouve Albin blême, les mains posées sur le bureau, qui suffoque. Ses yeux roulent dans leurs orbites creuses.

— Mon ami, qu'est-ce qui t'arrive ? Tu veux que j'appelle un médecin ?

Il ne répond pas. Ses lèvres bougent comme s'il voulait parler et n'y parvenait pas. Line décroche le téléphone.

— J'appelle le Samu !

Albin s'anime enfin, arrache violemment le combiné des mains de sa femme.

— Qu'est-ce que tu fais ?

— Mais, enfin, tu vois bien que tu vas mal ! À ton âge, il faut être prudent !

— Je n'ai pas besoin de médecin !

Il se lève lentement de son siège et se dirige vers la porte en titubant. Line veut l'empêcher de sortir.

— Où vas-tu encore ? Tu peines à te tenir debout ! Je te dis qu'il faut appeler un médecin !

— Laisse-moi tranquille ! réplique Albin d'une voix tranchante.

Il sort dans la cour éclatante de soleil, promène autour de lui un regard vide. Il ne reconnaît plus son domaine, le grand tilleul, la voiture de Baptiste garée à l'ombre, la tour du château qui dépasse au-dessus des noyers. Il fait quelques pas, trébuche avant de se réfugier à l'ombre, et tente de se ressaisir.

Non, ce n'est pas possible ! Clément n'a pas perdu deux millions d'euros au jeu ! Son fils unique, un Laurrière, ne peut pas avoir bradé le Chaumont, déshonoré le nom qu'il porte. La donation réalisée un an auparavant pour des facilités comptables était aussi une manière de le responsabiliser ; Albin espérait qu'il aurait de la considération pour la terre de ses ancêtres devenue sa propriété. Son banquier lui joue une farce de mauvais goût, ou alors il a mal compris. Pourtant les mots étaient simples et sans ambiguïté, le ton n'incitait pas à la rigolade ! Ainsi le travail, l'obstination de cinq générations se termineraient-ils de la pire manière, méprisés, souillés par le dernier des Laurrière ? Le patriarche serre les dents. Une colère profonde, qui ne passe pas par des gestes ou des cris, répand en lui son fiel froid. Il s'éloigne sur le chemin qui longe les pommiers déjà couverts de fruits...

Albin Laurrière est grand, maigre ; son silence en impose à tous, et, ce soir, l'air est électrique autour de lui. Il s'arrête pour observer Baptiste, qui branche l'arrosage. Pourtant, son regard est ailleurs, au-delà du visible. Les jets d'eau projetés dans l'air chaud du soir plaquent sur son visage un vent humide et agréable. Le soleil se couche dans des draps rouges qui battent au vent, se déforment dans un mouvement lent et régulier.

— Baptiste, dit le vieil homme en s'approchant de son jeune employé, tu peux rentrer chez toi, je vais m'occuper de l'autre parcelle. Ici, le système est bien programmé et peut fonctionner seul.

Baptiste, qui a remarqué l'attitude bizarre de son patron, n'insiste pas. Âgé de vingt-six ans, le jeune homme travaille au Chaumont depuis une dizaine d'années. Brun, de grande taille, il parle peu et sait se faire respecter des nombreux journaliers que le domaine emploie au moment des grands travaux, cueillette d'automne, traitements d'été et moisson. On le prend souvent pour le fils d'Albin Laurrière car l'élève a adopté les attitudes du maître, même port de tête altier, même façon de s'exprimer brièvement.

Albin Laurrière suit un chemin de terre entre les pommiers qui monte au flanc d'une légère colline. Il s'arrête à côté des vestiges d'une antique maisonnette, des murs ocre entre de grands noyers aux feuillages épais, regarde autour de lui la campagne qu'il domine avec, sur sa droite, la boucle de la Loire, puis le château du Chaumont entouré de ses grands arbres et, un peu en retrait, les bâtiments aux vastes toitures d'ardoises : l'écurie tout en longueur, la maison de famille, sur le côté, séparée par une rangée de tilleuls de la maison neuve de Clément et de Fabienne, les trois bâtiments de l'exploitation où sont stockées les pommes et les poires, les silos à grain et les hangars pour les tracteurs.

— Tout ça, c'est nous qui l'avons créé !

Maintenant son regard reste fixé sur les tours du château, demeure chargée d'histoire, âme du Chaumont qu'il n'a jamais pu acquérir. Il pense alors à sa jeunesse ; la silhouette d'une très belle femme s'impose à son esprit. Il secoue la tête comme un cheval qui s'ébroue.

Après un déjeuner pris sur le coin de la table, Arthur saute sur son vélo où est attachée en permanence sa canne à pêche et pédale en direction de la Loire. Un bonheur intense coule en lui, remplit tout son être. Il va à la pêche, rien d'autre n'a d'importance. Il voudrait arrêter le temps.

Manon, montée à cru sur l'immense Capucin, se tient au milieu du sentier entre les herbes. Arthur lui crie de s'éloigner. Le grand cheval tourne vers lui sa longue tête aux gros yeux globuleux pleins de douceur. Ce rare représentant de la race ardennaise n'accepte qu'une seule personne sur son dos, Manon, à qui il obéit en tout, et reste sourd aux ordres des autres.

Arthur est jaloux du pouvoir de sa sœur sur cet énorme animal, mais ce n'est pas le moment de lui chercher querelle sur la manière dont elle l'amadoue, en lui apportant les quignons de pain et les sucreries volées dans le placard de grand-maman. Le pêcheur a mieux à faire, le temps passe si vite !

— Pousse-toi, je te dis ! J'ai un peu plus de deux heures pour attraper quarante-cinq ablettes !

— Quarante-cinq ablettes ? Mais personne n'en veut ! Grand-maman m'a dit qu'elle les mangeait pour te faire plaisir !

— Sûrement pas ! Moi, elle m'a dit qu'elle les adorait en friture ! Allez, pousse-toi !

Il semble tout heureux, Arthur, d'avoir autant de poissons à capturer. La pêche cesse d'être un amusement pour devenir une obligation familiale, comme si le dîner des habitants du Chaumont dépendait de lui.

— Grand-père dit que tu ferais mieux de profiter des vacances pour t'intéresser au domaine !

— J'aime pas le domaine ! Tu n'as qu'à t'en occuper toi-même ! Allez, laisse-moi, j'ai à faire !

— Moi, j'aime bien les vergers et les champs, mais grand-papa est trop sévère ! Dis, tu me prêteras ta canne à pêche pour que...

— Je te prête rien du tout ! Tu n'as qu'à t'en fabriquer une ! Les roseaux ne manquent pas près du château. Pousse ton monstre de cheval, je te dis !

— Tante Margot ne veut pas m'en donner !

— C'est pas vrai ! Elle s'en fout, tante Margot, de ses roseaux ! Tu n'as qu'à en parler à Geordeaux !

Arthur passe à côté de Capucin, qui n'a pas bougé, pose son vélo contre un tertre, détache sa canne du cadre où elle était retenue par deux ficelles. C'est un garçon un peu empâté mais toujours en mouvement. Ses cheveux très courts font ressortir ses joues poupines dont se moque beaucoup Manon. Il court vers le fleuve sous le regard dominateur de sa sœur, aux épaules robustes, au regard noir ardent qui perce à travers des cheveux raides et mi-longs. Elle porte toujours un pantalon rouge qui moule ses cuisses musclées, ses hanches de petite femme.

— Est-ce que j'aurai assez de mouches ?

À cet instant, c'est la question la plus importante pour Arthur, qui déplie sa ligne enroulée autour du scion et vérifie du bout de l'index le piquant de l'hameçon. Il se fait voler une mouche sur deux mais ne prend jamais le temps d'en attraper assez. Il les capture dans le box de Capucin ; quand le cheval n'est pas là, elles s'agglutinent sur les vitres mais ne sont pas si faciles à cueillir.

Enfin, il s'approche de l'endroit piétiné où, tous les jours, il vient traquer les ablettes. La Loire scintille, immense entre ses bancs de sable doré. Des saules habillent les berges et se penchent vers le courant clair et frais. La Loire et ses eaux pleines de mystères, de poissons gigantesques ! La Loire et son odeur de sable, d'herbe écrasée, la Loire toujours en mouvement. Devant lui, le courant mollit avant de se heurter contre la berge abrupte. Les ablettes se tiennent là, en surface, pour gober des petits insectes.

Le garçon voit leurs dos verdâtres onduler sous quelques centimètres d'une eau très claire. Les flancs argentés brillent à la lumière, il remarque leurs beaux yeux jaunes qui semblent le regarder. Le cœur battant, il prend une mouche dans sa boîte, la fixe délicatement au petit hameçon.

Le martèlement des gros sabots de Capucin sur les galets le tire de sa concentration. Il a un geste d'agacement.

— Tu peux pas me laisser tranquille ? crie-t-il sans détourner le regard des ronds que font les poissonnets en perçant la surface de l'eau. La place ne manque pas, ailleurs !

— Moi, je sais pourquoi maman pleurait ce matin ! dit Manon. Papa lui a téléphoné qu'il ne rentrait pas pour déjeuner, et pourtant il lui avait promis de rentrer.

L'ablette en a profité pour dérober la mouche. Arthur ramène son hameçon nu et trépigne de colère.

— Regarde ce que tu me fais faire !

— Justement, poursuit Marion. Papa ne rentre plus parce qu'il a autre chose à faire ! Il joue !

— Tais-toi ! ordonne Arthur en lançant de nouveau sa ligne dans le courant.

— Pourquoi je me tairais puisque c'est vrai ?

Arthur ferre, une fois de plus dans le vide, pousse un juron.

— Mais tu vas t'en aller ? Tu vois bien que tu me fais rater tous les poissons. Si ça continue, il n'y aura même pas une ablette par personne !

— En plus, papa a joué le domaine et l'a perdu. C'est pour ça que grand-papa fait la tête !

— Mais qu'est-ce que tu peux m'embêter !

Du plat de la main, Manon tapote l'encolure du cheval. L'animal fait demi-tour puis s'éloigne dans un galop puissant. Les gens des villages voisins s'étonnent toujours que ce géant placide, cette montagne de muscles se laisse conduire à sa guise par une fillette de onze ans. Arthur, qui n'a pas encore pris une seule ablette, maudit sa sœur !

— Qu'est-ce qu'elle a de plus ? fait-il entre ses

dents. C'est une chipie, je ne la supporte pas ! Elle fait sa maligne avec son pantalon rouge sur son Capucin, mais je l'attends à la pêche. Elle n'est même pas capable de prendre une ablette quand j'en prends dix !

Il sourit puis pense à ce que Manon vient de dire. Il a vu sa mère se cacher pour pleurer et cela lui a fait de la peine, mais il ne sait pas comment le formuler. Une boule froide grossit dans sa poitrine.

Les ablettes se sont éloignées. Le banc est remonté vers l'amont dans un amorti que le jeune pêcheur connaît bien. Il vérifie une nouvelle fois sa ligne, pique une mouche morte à l'hameçon et s'approche lentement de deux petits tertres, distants de quelques mètres. Le soleil, derrière un saule, illumine la surface de l'eau. Pour ne pas apeurer le banc, Arthur marche en retenant ses pas, cassé en deux. Le galop puissant du cheval le fait se dresser vivement. Il se tourne, sa sœur se laisse glisser de l'encolure, saute à terre. Ses yeux noirs lancent des éclats sous le paravent de ses cheveux.

— Tu peux pas me foutre la paix, non ?

— J'ai écouté aux portes et je sais que le domaine va être vendu !

— Le domaine ? Qu'est-ce que tu racontes ? fait Arthur en oubliant la pêche.

— Oui, et on va partir !

Partir ! Arthur n'envisage pas de devoir quitter le Chaumont, sa belle lumière sur la Loire, la liberté de courir au hasard des chemins, de sentir les odeurs humides du matin et la fraîcheur tranquille du soir quand les insectes crissent dans les fossés. Partir pour aller où, quand le monde n'existe pas au-delà des collines du Chaumont, au-delà d'un fleuve qui vient de nulle part, du château sorti d'un livre d'histoire, des sentiers, bref, de tout ce qui fait la vie de tous les jours ?

— Tu me casses les pieds, lance-t-il en reprenant sa reptation entre les longues graminées.

— Alors moi, ça m'a donné une idée, poursuit Manon. Tu sais, le fameux trésor du vieux comte, la tante Margot en parle quand elle a trop bu, si on le cherchait, nous ? On le donnerait à papa et on pourrait rester ici !

Arthur regarde sa sœur debout, en face de lui, dans la lumière du soir. Ses cheveux raides lui tombent sur le visage, cachant ses yeux de braise, frôlant ses joues rouges, s'accrochent à l'humidité de ses lèvres qui font constamment la moue. Elle est grande pour son âge, assez forte, un garçon manqué.

— Qu'est-ce que tu racontes ? se moque-t-il. Franchement, tu sais bien que le trésor n'existe pas. Et puis, même s'il existait, comment veux-tu qu'on le trouve alors que d'autres l'ont déjà cherché ? Allez, laisse-moi tranquille. La nuit va venir et j'ai beaucoup d'ablettes à prendre.

— Tout le monde s'en fout de tes ablettes !

C'en est trop. Manon, parce qu'elle est la seule à pouvoir chevaucher Capucin, se donne des airs supérieurs. Arthur cède à la colère et se jette sur elle, sous le regard placide du cheval, qui attend.

Tout à coup Arthur pousse un cri, se dégage vivement et se redresse, cassé en deux, les mains

sur le bas-ventre, hurlant comme une bête égor-
gée. Tranquillement, d'une main efficace, Manon
nettoie son chemisier des herbes qui s'y sont
accrochées puis fait un signe à Capucin qui s'accroupit pour la laisser monter sur son large dos.
Arthur se roule par terre en menaçant, mais la
fillette ne l'entend pas.

Baptiste Jacquart quitte Albin Laurrière, qui, comme chaque soir, est venu vérifier le travail de la journée. Le patron est tendu, préoccupé. Baptiste respecte son silence. Ce fils d'une employée à la maison de retraite de Châteauneuf-sur-Loire avait manifesté à seize ans l'envie de devenir agriculteur. C'est alors qu'il avait rencontré Albin Laurrière, dans son verger, au cours d'une escapade qui l'avait entraîné loin de son logis. Baptiste arrivait au bon moment : son enthousiasme plut à l'homme qui était en train de découvrir que Clément, son fils unique, ne s'intéressait pas au Chaumont.

— Bonsoir, monsieur Albin, dit-il enfin en montant dans sa voiture.

— Bonsoir, Baptiste.

Albin regarde le véhicule s'éloigner puis emprunte le sentier entre les buis touffus qui débouche dans la cour pavée du château. Un homme presque nain, bossu, le béret enfoncé sur son crâne rond au-dessus de vêtements sombres, sort de l'écurie, accompagné de quatre chiens. C'est Geordeaux, le domestique de tante Margot.

Geordeaux, qui ne parle que par mots brefs et regarde les gens de ses magnifiques yeux bleus offerts comme un défi. Comment ce nabot, cet homme des bois qui n'a jamais pu apprendre à écrire, ce débile qui ne se laisse approcher que de sa patronne et avec qui, à l'occasion, il se saoule, peut-il avoir de si beaux yeux ? Son pouvoir sur ses quatre bergers allemands vient-il de là ? Les gendarmes de Gien l'ont averti qu'à la première incartade ils les feraient piquer, mais ses chiens lui obéissent au doigt et à l'œil. Les spécialistes du dressage lui demandent conseil, seulement il ne sait pas parler de ce don naturel. D'ailleurs, il ne prononce pas dix mots par jour.

— Bonsoir. Ta patronne est-elle là ?

Geordeaux lève sur Albin son visage ingrat. Sans répondre, il entre rapidement dans l'immense bâtiment aux murs couverts de lierre. Albin lui emboîte le pas. Marguerite de Morlay se trouve dans sa cuisine, une pièce minuscule où elle passe ses journées. Grande, les cheveux en désordre, vêtue d'une robe noire, elle ressemble à son frère : le même visage maigre, les mêmes yeux gris, le même nez un peu sec.

— Albin ? fait-elle sans se lever, son verre de vin à la main. Quelle surprise ! Cela fait quarante ans que tu ne m'as pas adressé la parole ! Et voilà que tu te décides.

— Il faut que je te parle.

Le visage de Margot reste impassible. À peine un battement rapide des cils, un arrêt imperceptible de la respiration.

— Je n'ai rien à te dire, sors. Tu vas beaucoup souffrir, mais je ne te plains pas !

— Tout est de ta faute !

Elle sourit en secouant négativement la tête.

— Jamais je n'aurais pensé que toi, un Laurrière, tu étais capable d'autant de méchanceté !

— Il est temps d'oublier les vieilles querelles ! dit Albin en baissant le ton. Clément a fait une grosse bêtise et c'est ton neveu !

— Et maintenant tu fais du sentiment ! Sache que je ne chercherai pas à te protéger. Quand tu auras la tête sous l'eau, ne compte pas sur moi pour te sauver. Tu n'as que ce que tu mérites.

— Quoi ?

— Clément est venu me voir cet après-midi et m'a avoué sa grosse perte au jeu. Lui aussi, il croit ce que dit la rumeur, que je cache le trésor du vieux Morlay. Mais je n'ai que ma petite pension pour vivre et les légumes de mon jardin ! Toi qui vois tout, qui espionnes tout le monde, tu dois bien le savoir.

— Tu dis n'importe quoi !

Margot se lève de sa chaise, fait un pas vers la fenêtre ouverte sur un crépuscule plein de grillons et de moucherons, avec cette haleine de la Loire qui arrive par bouffées, odeur de vase, d'herbes grasses, de berges humides. Elle regarde un instant la cour et les noyers dont les feuilles luisent aux rayons rasants du soleil puis se retourne brusquement.

— Pourquoi l'été ne durerait-il pas toujours ? murmure-t-elle.

Albin ne la quitte pas des yeux.

— Écoute, tu es une Laurrière, tu ne dois pas l'oublier.

Margot le regarde. Son visage se découpe dans la clarté de la fenêtre. Autrefois, elle était belle, et, de cette beauté, il reste encore une lumière qui émane de sa peau, de ses joues sans rides et surtout de son regard brouillé par l'alcool, qui semble si loin des autres comme s'il contemplait un passé où elle a laissé sa vie.

Elle s'assoit en face de son frère, qu'elle dévisage avec mépris, mais c'est toujours le passé qu'elle voit.

— Plus rien n'empêchera désormais le cours des événements de te broyer. Tout s'écroule autour de toi et j'en suis ravie !

— Tu te rends compte de ce que tu dis ?

Albin Laurrière ne trouve pas les mots à la hauteur d'une telle indifférence.

— Et si l'on parlait de Marie ? continue l'ivrogne. La belle Marie Dormeaux disparue mystérieusement. La folle Viroflet disait qu'elle avait été enfermée dans un sac et jetée dans le lac de Corcambron. Il ne faudrait pas en dire beaucoup aux policiers pour qu'ils reprennent une enquête classée ! C'est peut-être l'occasion ! Je pourrais leur dire qu'elle te gênait, qu'elle faisait du chantage pour t'obliger à l'épouser et à reconnaître son fils, comme tu le lui avais promis !

— Tais-toi, nom de Dieu !

— Tu t'es servi de cette pauvre fille. Tu ne l'aimais pas, tu l'as séduite par intérêt ! poursuit Margot. Comme tous les Laurrière avant toi, tu es

32

capable de tout pour les terres du Chaumont. Et voilà qu'elles t'échappent. C'est bien fait !

— Mais tu vas la fermer !

Il a crié si fort que Margot fait une grimace.

— Allons au bout des choses puisque tu sembles les avoir oubliées : toi et notre père, vous me considériez comme une demeurée, mais je vous ai soufflé le château que vous convoitiez. Ici, les langues vont bon train, et tu sais tout ce qui s'est raconté après la disparition de Marie. Qu'as-tu fait pour son fils, ce pauvre garçon que tu ne regardes même pas et qui a grandi comme il a pu dans la cour d'une ferme, avec les dindons et les oies ?

Albin porte la main à son front et reste ainsi un bon moment, les paupières closes. Tout se mélange dans sa tête, la perte colossale de Clément et ses souvenirs qui ne cessent de le harceler.

— Je ne t'ai pas pardonné, Albin ! Jamais je ne te pardonnerai !

— Moi non plus ! dit sèchement Albin en sortant.

Il rentre chez lui en passant près de la Loire. L'ombre du château s'allonge sur la grève, noie les buis et le ravin. Il croise Arthur et Manon qui courent sur le sentier, entre les grandes herbes.

Réconciliés, les deux enfants arrivent au bord du fleuve, s'arrêtent, le cœur battant. Une puissante odeur de menthe sauvage et de terre mouillée monte de la berge. Une lumière diffuse stagne au ras du courant. Pas un souffle de vent, les bruits sonnent dans l'air, s'amplifient sur l'eau, comme sur une peau de tambour. Devant eux, les ablettes trouent la surface pour gober de minuscules proies.

— Tu as vu grand-papa ? La tête qu'il faisait !

— Je m'en fous ! Regarde, les grosses ablettes sont sorties ! Au moins quinze centimètres ! De vraies sardines !

— Dis, Arthur, fait Manon, si je te montre que je sais pêcher, tu m'aideras à fabriquer ma canne ? J'ai coupé un grand roseau sec cet après-midi dans le parc de tante Margot.

— Tu me casses les pieds. J'ai à peine dix minutes pour tenter de prendre un poisson et tu veux que je te fasse une canne !

Manon s'approche de son frère, si près qu'il voit les petites paillettes d'or dans ses prunelles noires.

— Prête-moi ta canne. Je lance une fois et je ramène, trente secondes, pas plus ! Si tu refuses, je dirai à maman que tu as pris dix euros dans son sac pour acheter tes hameçons et ton fil de pêche !

Coincé, Arthur cède.

— D'accord, trente secondes et je ne te donne qu'une seule mouche.

Le garçon fixe un insecte noir sur son hameçon et tend la canne à Manon, qui lance la ligne avec un geste plein d'assurance. Le minuscule appât tombe sur l'eau, aussitôt gobé par une ablette que Manon ferre d'un geste rapide du poignet.

— Eh ben, toi, alors !

Arthur n'en revient pas. Sa sœur sait pêcher aussi bien que lui ! Aurait-il réussi à ferrer avec autant de précision ? Il est tellement étonné qu'il en oublie de se moquer de Manon qui, avec un air de dégoût, n'ose pas prendre à pleines mains le poisson qui gesticule au bout du fil.

— Ça t'étonne, hein ? Eh bien, sache que je connais la pêche aussi bien que toi !

— Tu m'espionnes, voilà la vérité, tu te caches pour regarder comment je fais.

— Non, répond Manon en réussissant enfin à décrocher l'ablette. C'est Geordeaux qui m'a appris !

— Geordeaux ? Il veut voir personne et il est plus bête que ses chiens !

— Sauf qu'il est le meilleur braconnier du pays !

Arthur prélève une mouche morte dans sa boîte et lance sa ligne. À peine l'insecte a-t-il touché la surface qu'il disparaît.

— Merde, raté !

Un éclat de rire ponctue sa maladresse.

— Tu ferres comme un baudet ! J'ai honte ! lance Manon en pouffant.

Arthur hausse les épaules. Sa ligne, alourdie par un cordon de soie naturelle, vole dans l'air envahi par une poussière d'insectes. Les hirondelles rasent le courant qui s'épaissit d'ombre. La fraîcheur est tombée, mais il ne la sent pas. Tout à coup, un énorme remous se fait à l'endroit même où Arthur a posé sa mouche. Il relève sa canne dans un réflexe brutal. Une force résolument dirigée vers le large s'oppose à sa traction. Il tire de toutes ses forces, mais le gros poisson ferré ne change pas de route. Le fil casse avec un bruit sec, le scion se détend ; le garçon, tremblant, reste un long moment sans un mot, sans un mouvement. Manon respecte le silence de son frère.

— Eh ben ! finit-il par lâcher.

C'est tout ce qu'il sait dire, toujours habité par la force du monstre sorti des grands fonds pour gober sa mouche.

— T'es trop con ! s'insurge Manon. Fallait pas le brider comme tu as fait !

Ce n'est pas une fille qui va lui donner des leçons ! Certes, elle a ferré une ablette, mais c'était un coup de chance, rien de plus !

— Un saumon ! murmure Arthur. Au moins vingt livres ! Qu'est-ce que tu voulais que je fasse sans moulinet !

Il a perdu son ardeur à pêcher la friture. Le gros poisson lui a ouvert des horizons inespérés. Il n'a pas le temps de les explorer ce soir, mais demain, les jours prochains, il va s'équiper d'un moulinet et de fil solide. Désormais, les ablettes, et même les énormes assées de Loire, vont lui paraître ridicules.

— On rentre !

— J'ai raté un saumon ! répète Arthur, comme pour se persuader. Tu te rends compte ? Un saumon !

— Moi, je l'aurais pris ! rétorque Manon.

Ils font quelques pas en silence. Manon marche devant, légère, elle sautille d'un caillou à l'autre. Dans la pénombre, son pantalon fait une tache rouge.

— Tu sais, le trésor du comte, je crois que je l'ai trouvé !

— Qu'est-ce que tu racontes, ma pauvre fille ? Tu penses bien que...

— Tu verras ! fait Manon, pleine de mystère.

Mais il n'est pas à nous, alors on pourra pas le prendre.

Elle se tourne, les poings sur les hanches, menaçante.

— Maman pleure et papa ne rentre pas. Tout ce qui arrive, c'est sa faute.

Manon vient de formuler ce qu'Arthur éprouve depuis qu'il sait que le Chaumont va être vendu. Il n'osait pas mettre de mots sur ce ressentiment qui lui fait mal, qui lui triture les intestins et lui fait rater la plupart de ses poissons. Manon le regarde avec un air de défi.

— Écoute, j'ai une autre idée...

Le soir est tombé. La Loire garde un peu de lumière dans l'ombre chaude qui noie les taillis. Au-dessus des tours du château, la lune monte, ronde et souveraine, avec le dessin d'un homme qui porte un fagot.

— Tais-toi. Tu ne peux rien, pas plus que les autres. Tu penses bien que grand-papa aussi a une idée.

— Non, il n'en a pas. Je l'ai entendu parler avec grand-maman. Mais moi, j'ai la mienne.

— Moi aussi : tu pourrais vendre Capucin ! lance Arthur sur un ton moqueur.

— Ça, jamais ! hurle la fillette en se jetant sur son frère les poings en avant.

Le garçon, surpris par l'attaque, roule dans les grandes herbes puis se relève vivement. Manon est déjà loin.

Clément revient au Chaumont le lendemain, en début d'après-midi. Manon, qui part en promenade juchée sur Capucin, le voit sortir de sa voiture. Ce qui l'étonne, c'est que sa mère est rentrée précipitamment dans la maison. Cette nuit, elle l'a entendue marcher sur le parquet, aller à la cuisine, soupirer, se moucher...

Clément ferme la voiture ; Manon se demande ce qu'elle doit faire : sauter de son cheval pour aller embrasser son père ou attendre qu'il vienne vers elle ? Il regarde longuement Capucin, parcourt des yeux sa robe blanche, mesure sa hauteur au garrot, s'arrête sur ses larges sabots couverts de poils, puis sur la longue crinière que Manon refuse qu'on taille.

Finalement, la petite fille se laisse glisser sur le côté, s'approche de son père. Il fait une drôle de tête ; les rides de son front sont plus profondes que d'habitude, ses joues plus creuses, son regard a quelque chose de froid, de distant. Elle l'embrasse rapidement et revient vers le cheval.

— Capucin, baisse-toi !

Le cheval s'accroupit, Manon s'agrippe des

deux mains à son cou, se hisse sur son dos. Alors, le cheval se dresse.

— On a beau le voir tous les jours, fait Clément, on ne s'habitue pas à sa taille.

Il demande à Manon de le lancer au galop. La fillette frappe du plat de la main sur l'encolure de l'animal et celui-ci part en faisant sonner ses fers sur les dalles.

— Franchement ce caractère si doux est rare chez un cheval de cette force et encore jeune. Tu sais que ça vaut de l'or !

Manon fait la grimace. Elle comprend ce que cachent ces mots. Depuis deux jours, tout va de travers au Chaumont ; l'arrivée de son père accentue la sensation de lourdeur, comme ces choses que l'on ne dit pas mais qui pèsent entre les gens et ralentissent leurs mouvements. Fabienne sort enfin, regarde Manon perchée sur l'ardennais, puis Clément qui, à côté, continue d'estimer l'animal. Arthur doit être à la pêche sinon il serait là, près de sa sœur, animé par cette solidarité qui n'apparaît qu'aux moments difficiles.

Fabienne s'approche, le visage fermé, les lèvres serrées.

— Enfin, te voilà ! dit-elle d'une voix pleine de reproche.

Clément s'arrête net, se cabre.

— Eh bien quoi ?

Il entre dans la maison sans embrasser sa femme. Jusque-là, quand il franchissait la porte, ses soucis professionnels, ses rendez-vous, ses obligations restaient dehors. Il aimait retrouver ce refuge le soir, à la nuit, quand les formes s'estompaient. Il chaussait ses pantoufles, rejoignait Fabienne, Arthur et Manon ; une petite musique joyeuse s'égrenait en lui. Le voyageur de commerce, après de bonnes affaires, ne pensait qu'au plaisir d'être avec sa famille, pour un temps bref toutefois, car ce fugueur ne pouvait rester trop longtemps au même endroit. Il retrouvait le calme heureux de sa maison, le silence du Chaumont. Ses gains au jeu compensaient ses pertes et il revenait, vidé d'un plaisir qu'il ne pouvait partager avec les siens, disponible pour manger les ablettes d'Arthur en écoutant ses récits de pêche. Ce soir, tout est différent. Il ne reconnaît plus sa maison et se demande un instant si Fabienne n'a pas déplacé la commode de quelques centimètres vers la cheminée, et si la table, cette grosse table de chêne massif commandée sur mesure à un ébéniste de Gien n'a pas été poussée près de la fenêtre. Fabienne se tient debout, en retrait, son regard fixé sur lui l'écrase. Alors il se dresse, comme un coq en fin de combat, pour donner son dernier coup d'ergot avant la fuite.

— Je suis fatigué.

Il pense à sa folie, à son suicide. Les joueurs ne lui ont pas fait de quartier. Au moment de la curée, alors qu'il s'obstinait, ils ont tous voulu leur part. « Je suis un second couteau ! » pense-t-il, et cela le mortifie, surtout en présence de Fabienne.

— Où avais-tu la tête ? s'écrie-t-elle. Ce sont tes enfants que tu as reniés !

— Fous-moi la paix ! hurle Clément.

— C'est la première fois que tu me parles ainsi.

Fabienne s'assoit sur le canapé. Clément n'a pas

le réflexe qu'elle attendait, celui de la prendre dans ses bras, de l'étreindre et de la rassurer. Il sort. Son père est là, qui l'attend. Albin n'a pas ôté sa veste malgré la chaleur. Sa haute tête maigre, sans chapeau, entourée d'une couronne de cheveux gris exprime plus que jamais sa détermination. Il ne décroche pas son regard de l'horizon, au-dessus de la Loire. Clément s'arrête devant cet homme plus grand que lui, dont le silence lui a toujours donné envie de crier. Écrasé, il a l'impression d'être minuscule, sans consistance face à celui qui n'a qu'une volonté, la seule qui vaille et qu'il impose aux autres avec la force de sa détermination froide et distante : le Chaumont.

— Alors ?

Le mot est tombé entre eux, un verre qu'on lâche et qui se brise sur le sol. Clément sursaute comme s'il avait laissé échapper le verre, il ressent la même culpabilité, la même maladresse. Le silence qui suit prolonge l'effet de la question, l'amplifie. Enfin, Albin bouge, d'abord les épaules puis les bras ; il fait un pas de côté. Clément se sent redevenir petit garçon malgré la colère qui monte en lui. Il tente de faire face.

— Rien ! dit-il d'une voix qui se veut assurée.

Il fallait peut-être cet événement, cette énorme bêtise pour aller à l'affrontement, pour oser être lui-même en face de ce père distant et froid. Albin porte une volonté vieille d'un siècle. Son demi-échec, puisqu'il n'a pas pu s'approprier le château, le rend plus incisif, plus tranchant à l'égard de ceux qui ne le suivent pas, surtout son fils.

— Rien ! répète Clément la tête haute, conscient de déclarer une guerre.

Il s'éloigne en direction de sa voiture. Albin le regarde ouvrir la portière, s'asseoir au volant et démarrer, la tête droite, les yeux fixés sur la route. La colère gronde en lui, une colère qui n'est pas issue d'un raisonnement mais de sa chair, de sa personne tout entière.

De sa fenêtre, Line a assisté à la scène et a vu Clément s'en aller une fois de plus. Depuis qu'un accident de voiture l'a condamnée à se déplacer dans un fauteuil roulant, la vieille femme sort peu. Elle évite ainsi d'avoir à demander qu'on l'aide à descendre et à monter les marches du perron ; la cour pavée ne convient pas aux roues légères de son petit véhicule. D'ailleurs, qu'irait-elle faire dehors ? Son domaine à elle est ici, entre ces murs où elle demeure depuis son mariage avec Albin, quarante ans plus tôt. Personne ne vient contester ses décisions de maîtresse de maison. Pour le reste, son avis compte peu. Elle a toujours été convaincue qu'indiquer à Clément le chemin de sa vie était la meilleure manière de l'en éloigner. Elle en est la première victime puisque son fils est parti sans monter l'embrasser.

Le téléphone sonne, le bon vieux téléphone fixe, un modèle ancien qu'Albin n'a jamais jugé opportun de remplacer. Line manœuvre son fauteuil et s'approche du guéridon où se trouve l'appareil, porte l'écouteur à son oreille.

— C'est moi, maman. Je t'appelle de mon portable. Je suis dans ma voiture.

— Mon Clément ! dit-elle, haussant la voix. Fais

bien attention à toi. Le reste n'a pas d'importance. Tu sais ce qu'on raconte ?

— Laisse parler, cela n'a pas d'importance !

— Tu me rassures !

— T'en fais pas, maman. J'ai quelques gros clients à voir.

Il interrompt la conversation pour se couper du Chaumont et des lamentations de sa mère. Il s'est libéré de toutes ses attaches, du regard de son père, et il se sent tout à coup très léger. Une pensée pour Fabienne et ses enfants lui fait plisser le nez dans une petite grimace.

Il ne va pas loin. Il gare sa voiture dans une clairière en bordure de la forêt et part à pied sur un sentier qui s'enfonce sous les fougères. En face de lui, à l'ombre d'un chêne, une jeune femme vêtue de blanc le regarde de ses grands yeux bleus pleins de curiosité. Clément a souvent croisé la folle des Chênes qui passe ses journées à marcher sur les sentiers du Chaumont, mais, à cet instant, son aspect lui semble irréel, comme transparent, une apparition. Il s'approche.

— Vous êtes perdue ?

Le temps qu'il dise ces mots, la folle s'est volatilisée. Par où s'est-elle enfuie ? À droite ? À gauche ? Il n'a rien vu, rien entendu, elle s'est dissoute dans l'air et cela l'intrigue.

Fabienne sent une boule de colère lui comprimer la poitrine. En face d'elle, son beau-père vient une fois de plus, par quelques remarques acides, de lui reprocher le comportement de Clément. Il n'ouvre la bouche que pour mordre.

La nuit tombe, le ciel immense drape la vallée ; des oiseaux aux longues ailes fines flottent sur les derniers rayons du soleil. Au fond de la cour, la lumière dans l'atelier de mécanique indique à Fabienne que Baptiste est toujours là. Elle hésite à le rejoindre, car elle s'entend bien avec lui. Délicat, toujours serviable, il est, comme elle, un étranger au Chaumont. Cela suffit à les rapprocher, à leur faire partager des sentiments que les autres, le clan Laurrière, ignorent. Finalement, elle renonce, prend le sentier en direction de la Loire qui brille encore dans la pénombre. Elle se sent inutile. Désespérée : Clément a perdu deux millions d'euros et s'est enfui sans la rassurer.

Elle s'arrête au bout du sentier pour observer une silhouette sombre qui se détache sur l'eau claire. C'est Arthur qui manœuvre sa canne à pêche, il joue. Cette espérance de la touche, ce plaisir de l'incertain ressemblent à l'attente des combinaisons gagnantes aux cartes.

L'arrivée dans sa vie, à vingt-trois ans, de Clément Laurrière, propriétaire du Chaumont, avait fait espérer à Fabienne un bonheur dont elle ne se sentait pas digne. Elle n'était pas une jeune fille ignorant tout de l'existence et du monde, bien au contraire. Son enfance sordide, brinquebalée, lui donnait la nausée. Née dans l'indifférence, elle était faite pour l'amour, le don de soi. Sa mère, Georgina, était trop belle, trop intelligente pour être accessible. Trop volage aussi. Fabienne l'a maudite. C'est elle qui avait demandé, à onze ans, de partir en pension où, pour chasser l'ennui, elle s'était mise à travailler d'arrache-pied.

Georgina Bucret était assistante de direction dans une grande entreprise de bâtiment, à Orléans. Elle n'avait jamais pu se fixer, construire avec un homme un couple refuge, une attache solide et salvatrice. Que cherchait-elle auprès des amants qui défilaient dans sa vie ? Elle-même ne le savait pas. Fabienne, née d'un de ces compagnons de passage, avait grandi loin de ses préoccupations, jusqu'à ce que le cancer vienne mettre de l'ordre dans l'existence d'une femme libre qui découvrait ses chaînes.

Ce que Fabienne n'espérait plus se produisit à l'hôpital, deux jours après l'opération. La maladie avait rendu la belle assistante de direction attentive aux autres et les deux femmes prirent le temps de faire connaissance.

Fabienne, réconciliée avec sa mère, poursuivit ses études de lettres à Orléans, puis se dirigea naturellement vers l'enseignement, une manière pour elle de compenser le trou béant de son enfance. Elle ne sortait pas, ne voyait personne. Son sérieux inquiétait Georgina, qui la poussait à rencontrer des jeunes gens. Enfin reçue au CAPES, Fabienne fut nommée à Gien, où sa rencontre avec Clément bouleversa sa vie. Le mariage fut grandiose, même si Albin Laurrière ne trouvait pas cette future bru à son goût. Mais il fallait une femme au domaine, celle-là finirait bien par se plier à ses exigences.

Le jeu a toujours été un obstacle entre Fabienne et Clément. Elle croyait qu'il y avait renoncé pour elle et surtout pour leurs enfants. Elle lui en veut d'avoir triché, de lui avoir menti, mais elle ne peut pas le laisser seul en un moment aussi difficile. Aussi prend-elle son téléphone et compose-t-elle son numéro. Aucune réponse. A-t-il honte de son comportement ou est-ce l'indifférence qui le rend sourd à la sonnerie insistante de son appareil ?

Fabienne sort un mouchoir pour essuyer ses larmes. Tante Margot ne l'a jamais rejetée, pourtant elle hésite à aller lui rendre visite. Un bruit, un léger craquement près d'elle l'avertit d'une présence. Cinq paires de lunes la regardent, immobiles. Un long frémissement la parcourt.

Geordeaux et ses chiens se sont glissés dans les taillis sans qu'elle les entende. Cette prodigieuse faculté de marcher sans déranger la moindre brindille, d'être partout à la fois, de tout voir, a toujours étonné cette fille de la ville qui ne connaît rien à la nature.

— Pleurer ?

La voix de Geordeaux a conservé un accent puéril, des intonations d'adolescent : une voix faite pour le futile, pas pour les conversations d'adultes. Il parle avec des tournures de petit enfant, juste quelques mots pour se faire comprendre. Il ne sait pas lire mais réussit à échapper depuis des années aux gardes qui le soupçonnent de braconner.

— Faut pas ! ajoute-t-il en s'éloignant de quelques pas.

Il part en courant, suivi de ses quatre bergers allemands qui glissent sur le sol entre les hautes herbes à peine écartées.

La nuit est presque complète. Arthur se décide enfin à plier sa canne à pêche. Les taillis crissent d'insectes, de bruits métalliques. Dans les fourrés, du côté du château, un renard pousse son glapissement pointu. Une chouette appelle ses congénères. Le fleuve, toujours clair dans la nuit, répand un calme serein sur les collines voisines, une paix que ne dérangent pas les cris d'agonie du merle retenu dans les serres du hibou.

Arthur rejoint sa mère. Ils marchent un long moment en silence, puis le garçon déclare :

— Grand-papa n'a jamais rien compris ! Il ne vit que pour ses pommiers et ses terres ! Pauvre grand-maman qui a dû le supporter si longtemps !

Un léger vent s'est levé. Fabienne frissonne. Elle sent, contre sa peau, la minuscule masse inerte de son téléphone. Où est Clément ? Que fait-il à cette heure calme de la réconciliation ?

Est-il à une table de jeu en train de perdre ce qui lui reste de liberté, de brader le dernier reflet de lui-même ?

Ils arrivent dans la cour du Chaumont. Arthur est très brun, contrairement aux Laurrière, plutôt clairs, un peu empâté malgré sa vivacité qui ne le laisse jamais en repos.

— Je t'aime beaucoup, maman ! dit-il dans le silence de la nuit.

— Viens, dit Fabienne en passant son bras sur son épaule. On rentre, ta sœur doit nous attendre depuis un bon moment.

— J'ai une vingtaine d'ablettes. Ça te dirait, une bonne friture ?

Un chien aboie aux étoiles qui piquent le ciel encore clair. Dans la grande maison, Albin dîne en regardant les informations à la télévision. Il dîne tous les soirs à la même heure et refuse les sorties qui risquent de compromettre l'ordonnance immuable de ses journées. Il ne reçoit jamais personne. Avare de son temps, qu'il réserve exclusivement à sa terre, il est toujours pressé et laisse à la pauvre Line toutes les corvées : c'est elle qui fait les commandes de carburant, d'engrais, et relance les fournisseurs.

Deux heures du matin. Une légère nuit d'été flotte sur le Chaumont, effleurant les toits pour couler en vagues vers la Loire. Toutes les lumières sont éteintes dans la propriété. Seul un renard sorti de la forêt s'aventure jusqu'à la cour, darde autour de lui son regard brillant et la traverse rapidement, comme le voleur de poules qu'il est. À l'étage de la maison neuve que Clément et Fabienne ont fait construire pour être indépendants, une lumière s'allume, tremble contre les vitres. Des pas légers glissent sur le plancher du couloir. Fabienne, dans la chambre voisine, ne les entend pas. Elle a sombré depuis peu dans un lourd sommeil qui l'isole enfin d'une réalité affligeante, de contradictions terribles, de cette sensation de marcher sur des bombes près d'exploser.

Une porte grince légèrement en s'ouvrant, une ombre se faufile vers le lit où dort Arthur. Une petite main le secoue.

— Réveille-toi. C'est l'heure.

Le garçon grogne, se retourne. Manon le secoue plus fort.

— Mais tu vas te réveiller !

Arthur bouge enfin, soulève vers sa sœur son visage endormi. Il s'apprête à parler quand Manon pose le plat de la main sur sa bouche.

— Chut ! Lève-toi, il faut que tu me suives.

— Mais c'est l'heure de dormir. Où veux-tu aller ?

— Viens, je te dis !

— Mais où ? Je veux dormir. Demain, je vais rater un poisson sur deux si je suis fatigué !

— Tu vas pas passer ta vie à la pêche, non ? Il y a autre chose à faire quand le Chaumont est à vendre !

— On n'y peut rien ! Tu ne vas pas me faire croire que toi, avec tes cheveux raides et ta figure de singe grimaçant, tu peux faire quelque chose !

— Tu verras ! Ma figure de singe grimaçant dit bien des choses à ta figure de gros bouledogue baveux !

Arthur se dresse sur les coudes et s'assoit au bord de son lit. Les cheveux en bataille, il se frotte les yeux.

— Je vais te dire ce que personne ne sait, poursuit Manon. On va partager le même secret. Viens.

Arthur a l'esprit tellement embrumé qu'il ne pense pas un instant à remettre en cause la franchise inhabituelle de sa sœur. Il passe rapidement son bermuda, sa chemise, et la suit. Ils descendent l'escalier en évitant de faire grincer les marches, sortent en ouvrant délicatement la porte. Arthur frissonne. Dans la nuit, il voit la tache rouge du pantalon de Manon.

— Pourquoi tu mets toujours ce pantalon ? Franchement, ça fait con !

— Parce que j'aime le rouge.

— J'ai froid !

— Fallait prendre un pull. Maintenant, il est trop tard, on y va.

— Bon, tu vas me dire ce que tu veux, parce que moi, je dois aller dormir pour me lever tôt demain matin. Je veux aller pêcher les gros chevesnes qui se cachent dès que le soleil sort !

— Écoute, fait Manon en se plantant devant son frère, je veux te faire confiance parce que tout va mal et qu'on doit s'aider. J'ai un ami qui sait pêcher les gros chevesnes, les carpes et les barbeaux. Si tu m'aides, je lui demanderai de t'apprendre.

— Tu veux parler de Geordeaux ?

— Oui !

Arthur regarde dans la pénombre les yeux clairs de sa sœur.

— Il m'a raconté des tas de trucs.

— Il sait à peine parler ! se moque Arthur. Et tu vas le voir maintenant ?

— Oui, parce que c'est l'heure de la dame.

Arthur hausse les épaules, fait un pas dans l'ombre. Il vient d'apercevoir en contrebas une lueur qui l'intrigue.

— Je rentre. Tes bêtises m'ennuient.

— Tu peux pas ! Viens !

Elle s'éloigne sur le chemin creux qui conduit vers la forêt. Arthur, étonné par son courage, la rejoint. Silencieux, ils s'enfoncent dans les taillis. Le jeune garçon sursaute au moindre bruit. Le pêcheur de Loire qui aime tant le crépuscule sur le fleuve redoute la nuit lourde, au-dessus des arbres, qui libère des êtres maléfiques, aux aguets.

— On va où ? demande-t-il.

Devant, Manon marche résolument, sans la moindre appréhension. Arthur tremble de froid et de peur, les lourdes branches des chênes l'oppressent. S'il ne redoutait pas que sa sœur le traite de peureux, il rejoindrait la maison à toutes jambes, s'enfoncerait au plus profond de son lit pour attendre les premiers rayons du soleil. Alors, il irait saluer la Loire, fille du jour, avec ses poissons qui sont l'expression d'un lien profond et irréversible entre les hommes et le fleuve.

Ils arrivent à une clairière qu'Arthur connaît, agréable le jour et tellement redoutable à cette heure. En face d'eux, le sentier, plus sombre, s'enfonce vers le lac de Corcambron. Arthur n'a jamais réussi à y prendre un seul poisson et il n'aime pas cette eau morte sans soleil, entourée d'arbres monstrueux. Pourtant, on dit que des carpes gigantesques y vivent, que d'énormes brochets surveillent les petits canards en bordure des roseaux.

— Dépêche-toi ! dit Manon en s'enfonçant dans le sentier.

— Mais où vas-tu ?

— C'est là-bas que Geordeaux nous attend.

Frigorifié, Arthur lui emboîte le pas. Ils arrivent devant une masse sombre, ancienne grange en bordure du lac couvert de plaques de lune.

— Manon...

— Qu'est-ce que tu veux ?

— Partons. Un gros nuage arrive, on ne verra plus rien.

— Eh bien, pars ! Moi, je reste. Je sais que la lune ne se cachera pas !

Tout à coup, des yeux lumineux apparaissent autour des enfants. Arthur se retient de crier. Seule Manon s'avance.

— Geordeaux ?

Une lampe électrique s'allume, révélant les quatre chiens assis dans le carré de hautes herbes qui était autrefois une cour. Arthur sent ses jambes lourdes, le froid l'engourdit. Il marche près de sa sœur, suivi en silence par les bergers allemands.

Ils contournent la masure. La silhouette courte et bossue de Geordeaux les précède. Il pousse une porte déglinguée et les invite à le suivre. Il braque devant lui sa lampe qui révèle un sol couvert de paille, d'anciens box à chevaux dont les planches se détachent des poutres de bois, et des mangeoires encore remplies de foin. Dans l'une d'elles, il découvre une boîte en fer-blanc sous l'herbe sèche.

— Qu'est-ce que c'est ? demande Arthur.

Geordeaux reste un moment silencieux dans le noir puis éclaire les enfants pour leur montrer qu'il a confiance en eux.

Il soulève le couvercle. Manon et Arthur découvrent une vieille poupée de chiffon aux cheveux noirs agglutinés, un sourire rouge dessiné sur sa figure ronde, des yeux inexpressifs. Les bras légèrement écartés, elle porte une petite robe brodée, déchirée ; ses jambes nues, ses pieds sans chaus-

53

settes rongés çà et là par des rats laissent voir le crin. Entourant son corps, deux colliers de perles et de pierres précieuses brillent à la lueur de la lampe.

— Que c'est beau ! fait Manon, ébahie.

— À moi ! dit Geordeaux en refermant la boîte qu'il range sous la paille.

Ils sortent. Une chouette ulule, un courant d'air court au ras du sol.

Arthur bâille et tremble, mais n'a pas le courage de partir seul. Geordeaux tourne son visage vers lui ; ses yeux brillent comme ceux de ses chiens.

La lumière de la lune se brise en grosses plaques mouvantes sur la surface de l'eau qu'un faible vent fait onduler. Tout à coup, Geordeaux recule d'un pas, tombe à genoux. Manon ouvre de grands yeux, regarde autour d'elle.

— Maman ! fait Geordeaux, dont le regard fixe un point au-dessus du lac sombre caressé par de larges mains de lumière.

Manon s'approche de son frère.

— La dame, tu la vois ?

— Quelle dame ? Je ne vois rien ! bredouille Arthur, qui ne peut plus contrôler les tremblements de son corps.

— Maman ! répète Geordeaux.

— Qu'est-ce que ça veut dire ? demande encore Arthur.

— On rentre ! ordonne Manon. Seul Geordeaux peut voir la dame, parce que c'est sa mère !

Ils rentrent au Chaumont en courant, comme si une armée de revenants sortis de l'étang les talonnait. Des fougères, des ronces s'accrochent à leurs mollets nus, mais ils n'y prennent pas garde et ne s'arrêtent qu'à la porte entrouverte de la maison.

— Qu'est-ce que ça veut dire, tout ça ? demande Arthur.

Manon se plante devant son frère. La lune allume dans ses yeux des lueurs mouvantes.

— Le trésor du comte. Je vais demander à Geordeaux de dépanner papa. Tu vois que j'ai de bonnes idées !

— Tu te fais des illusions, ma vieille. Il refusera !

— Tu dis n'importe quoi parce que tu es jaloux de moi ! J'aurais jamais dû te faire confiance.

— Et toi, tu crois au Père Noël !

— Toi qui es si malin, qu'est-ce que tu attends pour trouver un autre moyen de sauver le domaine ?

— Tu me casses les pieds avec tes histoires.

Arthur pousse la porte, monte lentement l'escalier. La tiédeur de sa chambre lui fait du bien. Il se fourre tout habillé dans son lit, se couvre la tête avec le drap mais ne réussit pas à chasser toutes les images qui se superposent, la poupée et ses colliers, Geordeaux appelant sa mère, la fuite de son père. Demain, il sera un piètre pêcheur en face d'ablettes toujours plus vives.

Le soleil monte sur la vallée, illumine les collines. La brume enveloppe la Loire ; la journée sera encore belle. Albin Laurrière salue Baptiste, s'inquiète du manque d'eau dans les vergers. Dans la forêt, les hardes se réfugient sous les bosquets ; les grands cerfs s'éloignent des femelles pour chercher un fourré en dehors des sentiers. Les sangliers se replient près des pièces d'eau, quittent les bordures où ils trouvent des plantes tendres, des carottes sauvages, des larves charnues. Dans le lac de Corcambron, les perches harcèlent les bancs d'alevins qu'elles acculent près de la berge. La meute décrit de longs arcs de cercle autour des petits poissons qui s'affolent puis, dans un même mouvement, fond sur le banc. La débandade fait gicler les gardonneaux en surface ; certains, pour échapper aux mâchoires des carnassiers, sautent sur les cailloux de la berge où les corbeaux les attendent. La nature est ainsi réglée à cette heure du retour de la lumière. Les forts, unis par un ordre universel, fondent sur les faibles que la peur conduit à des actes suicidaires. Perches et corbeaux savent que la manne est sans fin et qu'elle a été produite pour eux. Mais la loutre fait aussi partie de cet ordre où les gagnants ne sont pas toujours les mêmes. Alors, les poissonnets retrouvent leur calme en face d'un banc de perches devenues proies à leur tour.

Geordeaux fait un léger signe à ses chiens qui s'arrêtent, s'assoient et le regardent, la langue pendante. Immobiles, les animaux puissants ne quittent pas leur maître du regard. Prolongements du nabot, ils en devinent les pensées et se conforment à son moindre désir. Le chant des oiseaux convient tellement à ce coin de nature où les aulnes se reflètent sur l'eau lisse qu'on ne les entend pas.

Geordeaux suit le sentier entre les joncs. L'heure de faire sa tournée est arrivée, les pièges ont travaillé pour lui. Le lac, il en connaît la moindre anse, les caches des gros brochets et les repaires des sandres. Chaque capture lui procure un plaisir profond, un contentement que rien ne saurait remplacer. Le jeu avec les gardes, qui tendent aussi leurs pièges, ajoute à sa plénitude de prédateur le risque de la proie. Il visite tous les étangs de la région, celui du Ravoir, celui du Gué-l'Évêque, chaque fois qu'il a une commande précise. Mais son bonheur, sa grande passion reste la Loire, et il redoute, en été, les promeneurs attardés qui peuvent le surprendre.

Il se tourne vers Prince, son vieux chien, celui qui commande aux autres, et fait un pas pour aller relever ses nasses. Prince le regarde sans bouger, preuve qu'un intrus se trouve dans les parages. Geordeaux tend l'oreille et entend des craquements si légers qu'un promeneur ordinaire, étranger à la vie sauvage de la forêt, ne pourrait les discerner. Il avance de quelques mètres et se trouve nez à nez avec un homme d'un certain âge, de forte corpulence, le visage couvert d'une barbe grise, les yeux pétillants d'un animal sauvage, sanglier ou renard selon les rayons du soleil. Il porte une veste de chasse grise, des bottes vertes. De son col ouvert dépassent d'abondants poils blancs. Geordeaux se trouble.

L'intrus secoue ses larges épaules, recule sans quitter les chiens des yeux. Il se plante le dos contre le tronc d'un chêne, comme pour se garder d'une attaque par-derrière. Geordeaux enfonce son béret sur son crâne jusqu'aux oreilles que le tissu noir décolle légèrement. Il est ridicule avec son dos rond, ses jambes courtes, son torse démesuré, ses épaules étroites, en face de ce gaillard puissant et décidé.

— Tu te souviens de ce que je t'ai dit, hier ? Alors, demain matin dernier délai. N'oublie pas : chaque fois que je le voudrai un de tes chiens sera abattu, du premier au quatrième. Alors fais vite.

— Maçon ! Maçon !

C'est tout ce que Geordeaux trouve à dire. Il grimace, se tord les mains.

— Tu n'as rien fait ! continue Maçon, le regard dur. Tu avais promis de t'en occuper.

Geordeaux grimace encore, plisse les yeux.

— Va-t'en !

Maçon sourit. Ses yeux noirs brillent, s'égarent un instant sur le vol d'une grive musicienne.

— Je ne suis pas certain que tu puisses comprendre, mais enfin sache que la perte au jeu de Clément Laurrière m'inquiète et me rend impatient. Je n'ai pas l'intention de renoncer aux droits de ma mère sur le château et sur le trésor de mon grand-père. Il ne faudrait pas que ta patronne donne à son neveu préféré ce qui me revient en partie ! Je ne veux pas payer pour le vice de ce minable.

Geordeaux se tourne vers l'étang éclatant de soleil et pense à ses nasses. Il se dresse devant celui qui le domine après avoir furtivement jeté un regard à son chien, qui n'a pas bronché mais a compris.

— Maman ! dit Geordeaux en baissant la tête.

Maçon éclate de rire.

— Je vois ! lance-t-il en s'approchant de Geordeaux, ta patronne t'a fait la leçon entre deux verres de vin ! Mais n'oublie pas ce que je t'ai dit !

— Non ! réplique Geordeaux d'une voix sombre.

Maçon bouge, regarde de nouveau les chiens, puis insiste :

— Crois ce que tu veux. Moi, il me faut ce qui me revient. Je suis un Morlay, tu comprends, et j'ai des droits. On a parlé à l'époque de colliers de diamants. Il me les faut avant que l'autre ait mis la main dessus. Toi qui vois tout, tu sais où ils sont, tu vas me les donner, sinon, gare à tes chiens...

Geordeaux secoue sa tête ronde ; ses yeux bleus brillent tout à coup.

— Maman ! répète-t-il.

Et, soudain, il bondit sur son adversaire, un saut d'animal à pattes courtes. Ses chiens ont suivi son élan et montrent les crocs à Maçon, qui se colle de nouveau au tronc du chêne.

— Qu'est-ce qui te prend ?

— Maman ! fait encore Geordeaux, menaçant.

— Bon, bon ! tempère Maçon en gardant les yeux sur les quatre chiens qui grognent, les babines retroussées, prêts à lui sauter à la gorge. Ta mère a bien cherché ce qui lui est arrivé ! Fais taire tes monstres.

Geordeaux jette un regard rapide à Prince, qui abaisse ses oreilles sur son dos et se recule, suivi des autres. Maçon en profite pour s'éloigner.

— Pense bien à ce que je t'ai dit : tu me donnes ce qui me revient sinon, je tue les chiens, et puis toi, si tu refuses encore de comprendre !

Geordeaux marche sur la berge au milieu de ses animaux. Il ne sait plus s'il s'agit de souvenirs d'enfance ou de ce que lui a raconté Margot après avoir bu, mais des images d'un lointain passé défilent devant ses yeux. Sa mère était si belle ! Sa mère, noyée dans le lac ! C'est tout ce qu'il en sait.

Il va rapidement relever ses nasses. Un restaurant des bords de la Loire, à Gien, lui a fait une commande. Le lac abrite une grosse population d'écrevisses de Louisiane, énormes et recherchées. Il a appâté une dizaine de nasses avec de la viande de mouton. La première est lourde de crustacés qu'il vide directement dans un sac en jute. Quand il a fait le tour du lac, dérangé un héron immobile au bord d'une flaque où il se goinfre de têtards, son sac est plein. Il rejoint alors la petite route départementale par le sous-bois en évitant les chemins forestiers. Une voiture garée dans une clairière l'attend. Il s'en approche ; l'homme qui en sort soupèse le sac et lui tend des billets de banque. Geordeaux les compte, car il sait compter, et remercie de la tête.

— Tu peux m'avoir un gros brochet ? Au moins dix kilos, c'est pour un banquet. Je n'en trouve pas dans le commerce. Il me le faudrait pour la semaine prochaine.

Geordeaux acquiesce en s'éloignant, suivi de ses quatre chiens. Il emprunte un sentier dans le sous-bois quand une forme blanche le rejoint. La folle des Chênes marche pendant un long moment à côté de lui, une main posée sur son épaule. À l'orée de la forêt, elle s'éloigne. Geordeaux rentre au château. Le silence de la bâtisse l'étonne. À cette heure, Margot devrait être levée, car, contrairement à la plupart des poivrots, la vieille femme est matinale. Il la trouve dans la cuisine, lui tend les billets de banque.

— Mon pauvre Geordeaux ! Sans toi, je serais obligée de manger des orties ! Tu fais tout, le jardin, la vigne, la chasse et la pêche !

Margot n'a pas encore coiffé ses abondants cheveux gris qui tombent négligemment sur ses épaules. Elle porte une vieille robe de chambre. Son visage boursouflé, les plis sous les yeux, les rides profondes dénoncent l'abus d'alcool.

— Ils me croient riche ! dit-elle en levant les yeux au plafond. S'ils savaient, mon pauvre Geordeaux, s'ils savaient comme nous sommes misérables, tous les deux, moi avec mon vin qui me donne un peu de gaieté au cœur, toi avec ta tête ronde, ton dos bossu et tes jambes de nain. On se demande pourquoi tu as de si beaux yeux qui parlent si bien, quand tu ne sais pas prononcer dix mots !

Clément se réveille, courbatu. Il a dormi sur la banquette arrière de sa voiture dans un parking, entouré de gros camions. Il a passé la journée d'hier à Paris. Les banques lui ont refusé un prêt sur son salaire. Que va-t-il faire ? Fuir ? Sa tante Margot, que l'on dit vivre misérablement sur un matelas d'or, a aussi refusé de l'aider. Avec cent mille euros, il pourrait retourner à la salle de jeu, gagner de quoi rembourser ses dettes, rentrer chez lui conscient d'avoir échappé au pire et trouver la force de ne pas recommencer.

Clément est croyant. Hier, en fin d'après-midi, il est entré dans une église et a fait le vœu de ne plus jamais jouer s'il se tirait de ce mauvais pas ; il en est ressorti rassuré. Puis il a passé le restant de la soirée à penser que la chance ne favorise que les téméraires. Aux États-Unis, des joueurs professionnels gagnent très bien leur vie, mais ils jouent tous les jours. Le poker demande un don total de sa personne, de son énergie, et ne laisse aucune place aux bons sentiments, source de faiblesse, de laisser-aller, de concession. Un joueur doit avoir les réflexes d'un prédateur. Gagner, c'est ne laisser aucune chance à sa proie, c'est rester insensible à la pitié. Le contraire de la compassion ! Clément a le grave défaut d'être attentif aux autres, de les plaindre, d'hésiter chaque fois qu'il pense à Fabienne et aux enfants, de se contenter de demi-mesures. Ce matin, il doute de lui-même.

Hier, il est passé plusieurs fois devant la brasserie des Champs-Élysées et n'a pas osé entrer. D'ailleurs, il n'avait pas de quoi honorer la moindre partie. Pourtant, malgré ses échecs, et peut-être à cause d'eux, la tentation était en lui, puissante, un fleuve profond qui emporte tout dans son cours.

Il décide de retourner voir sa tante, traverse Châteauneuf-sur-Loire et se dirige vers le Chaumont par la forêt. Mais comme il redoute d'être vu par son père, Baptiste ou les employés, il abandonne sa voiture sur la départementale et continue à pied en longeant le lac de Corcambron et la vieille grange qui disparaît sous les frênes. Quand il arrive au château, Geordeaux l'aperçoit et court avertir sa maîtresse. Celle-ci sort sur le pas de sa porte, repousse les mèches de ses cheveux gris qui roulent sur son front.

— Clément ! Encore toi !

La châtelaine, comme on l'appelle ici par dérision, paraît contrariée. Elle se place devant la porte pour l'empêcher d'entrer :

— Tu vas t'en aller tout de suite ! Je ne veux pas me mêler de tes affaires et je t'ai déjà dit que je ne pouvais pas t'aider.

Clément retient la profonde colère qui monte en lui, fait un effort pour sourire. Derrière lui, à quelques pas, Geordeaux se tient entre ses quatre chiens qui le regardent.

— Mais enfin, ma tante... Tu ne peux pas...

— Toi aussi, tu crois que j'ai caché quelque part les bijoux du comte ! Sache une bonne fois pour toutes que je n'ai pas de trésor caché. Celui de mon beau-père, dont on a tant parlé, n'a probablement jamais existé. Je vis misérablement, voilà la vérité.

Clément n'insiste pas et s'éloigne, bien conscient que la seule personne sur laquelle il pouvait compter ne fera rien pour lui. Tout en marchant à travers la forêt, il a le sentiment d'être une proie guettée par des chasseurs dissimulés derrière chaque arbre. Ce n'est qu'une fois dans sa voiture qu'il se sent enfin en sécurité. Il tourne la clef de contact. Le soleil, décidément bien accroché, déverse sur la forêt sa lumière, qui donne envie de vivre, de respirer à pleins poumons l'été nouveau. Où aller ? Visiter ses clients ? Retourner au Chaumont et demander pardon à Fabienne et aux enfants ? Non, il risque de se retrouver face à son père. En bradant le Chaumont, il s'est coupé du monde et le voici seul sur les routes. Seul car il ne veut pas voir, dans leurs regards, les reproches d'Arthur et de Manon.

Arthur remonte des bords de Loire où il a promené son malaise toute la matinée sans réussir à le dissiper. Les ablettes et les vandoises l'ont laissé indifférent. Il ne s'est pas faufilé entre les ajoncs pour surprendre le gros brochet au pied du saule étêté. Il a marché en faisant rouler les cailloux, écrasé par une peine incommensurable. Son père n'est toujours pas rentré. Le garçon a l'habitude de ses absences de plusieurs jours, mais, cette fois, son père ne reviendra plus, preuve que les Laurrière ne sont plus chez eux au Chaumont.

La nuit dernière, Arthur est resté longtemps les yeux grands ouverts dans le noir. Les soupirs de sa mère, dans la chambre voisine, lui donnaient envie de crier. La bizarrerie des adultes lui apparaissait dans son absurdité : l'ivrognerie de sa tante Margot, l'autorité silencieuse et triste de son grand-père, Geordeaux et ses chiens, les dettes de son père – un curieux mélange, un jeu où les perdants sont mis à mort.

Midi. Le fleuve se tait. Ses habitants, canards, mouettes, hérons se terrent dans les coins d'ombre. Une lumière souveraine écrase la vallée, transforme en braise chaque galet. Des ruisseaux coulent entre les monticules de sable et de gravier. Pas un poisson en surface. La nature tout entière s'est endormie dans la torpeur d'un mois de juillet triomphant, elle ne se réveillera que ce soir, quand le soleil descendra vers les collines de l'ouest. Alors le manège se mettra à tourner, oiseaux, poissons, loutres, tous les animaux participeront au ballet de la vie et de la mort, jouissance et douleur mélangées. Les moustiques s'acharneront sur la peau nue d'Arthur, qui se giflera avec plaisir.

Il remonte vers le Chaumont en longeant le château, s'arrête, surpris par la silhouette maigre qui se détache de l'ombre d'un orme. Albin Laurrière ne l'a pas vu et continue de contempler le vieux château. Enfin, il tourne sa haute tête.

— Arthur ? Où vas-tu ?

Le garçon ne trouve pas de réponse convenable. La Loire l'aveugle de sa lumière, un liquide glacé coule dans ses membres.

— Viens ! fait Albin en tendant le bras vers les collines, je vais te montrer quelque chose.

Ils partent sous un ciel lourd de chaleur. L'air brûlant monte du chemin, incendie leurs visages. Ils marchent en silence sur le sentier qui contourne les bâtiments et s'enfoncent entre les rangées de pommiers au-dessus desquels les ouvriers ont tendu des filets pour protéger les fruits des oiseaux et de la grêle. Ces filets, Arthur les déteste, car ils défigurent la colline par leur géométrie, leur présence qui marque l'empreinte des hommes sur ce bout de terre asservie à produire des pommes parfaitement calibrées.

Tout en marchant, Albin Laurrière constate qu'Arthur est un garçon robuste, aux épaules solides, que ses mollets sont forts ; son visage un peu rond n'est plus tout à fait celui d'un enfant, mais pas encore celui d'un adulte. Ses yeux marron clair, légèrement proéminents, sont ceux de son père et de tous les Laurrière. Car Arthur est un Laurrière par la démarche, la manière de bouger les épaules à chaque pas, la tête au front haut. Il n'en a pas encore le nez légèrement aquilin, ce détail se manifestera plus tard, avec les premières traces de barbe.

Ils arrivent près d'une maisonnette en ruine entre les vieux noyers plantés par le premier des Laurrière arrivé ici. Les murs éventrés par le temps parlent à Albin, lui racontent l'histoire d'une famille qui ne possédait rien, d'un ouvrier agricole venu à cet endroit contempler le panorama des collines et de la Loire, les maisons du Chaumont et le château du comte de Morlay. Et cet homme, à l'endroit même où se tenait Albin, dut se dire, comme un conquérant qui regarde une ville à prendre, que tout cela appartiendrait un jour à ses descendants.

Les collines vibrent ; la Loire concentre une lumière qui éclate et fait mal aux yeux. Albin Laurrière regarde autour de lui et se met à parler.

— Toute l'histoire des Laurrière est devant toi, dit-il d'une voix monocorde. Sans la Loire, sans son miroitement, son ciel, sa luminosité si particulière, sans le fleuve qui change au fil des saisons, le Chaumont n'existerait pas. La qualité de ses fruits vient de tous ces éléments à la fois et du savoir-faire de ceux qui les cultivent.

Il se tait un instant pour se repaître de cette carte postale dont personne ne peut mesurer le prix qu'il l'a payée.

— Mon arrière-arrière-grand-père, Antoine Laurrière, est arrivé ici en vagabond ; le sac qu'il portait sur le dos était tout ce qu'il possédait. C'était un de ces misérables que l'on embauchait moyennant un peu de pain et une place dans le foin pour dormir. Il a épousé une gardienne d'oies avec qui il est devenu métayer d'un tout petit lopin de terre ; ils habitaient ici, dans cette cabane de berger. Son fils, mon arrière-grand-père, Jean Laurrière, a acheté la cabane et trois hectares de terrain. À cette époque, le domaine que tu vois était en friche. C'était, selon les gens d'ici, une mauvaise terre, sablonneuse et juste bonne à produire des aubépines et des ronces. Jean Laurrière a défriché son lopin, l'a amendé, et a eu l'idée d'y planter des pommiers qui ont donné des pommes si bonnes qu'on venait les chercher de Paris et qu'il n'en avait jamais assez. Alors, il a grignoté le domaine des Morlay, en achetant des landes où il plantait ses pommiers, ses poiriers, ses pêchers. Mon grand-père, encore un Antoine, profita de la Grande Guerre qui avait vidé le pays de ses bras pour acheter un autre morceau du domaine. Nous avons tout eu, sauf le château !

Albin se tait, car il revoit sa jeunesse et tout ce qu'il ne peut raconter. L'image de Marie Dormeaux le hante, douloureuse, lui rappelle sa faute.

Autour d'eux, les six cents hectares du domaine vont de la Loire à la forêt, avec, surplombant le fleuve, les bâtiments et le château.

Le crissement des criquets dans la végétation sèche remplit l'air, cachant tous les autres bruits. Arthur pense à son père.

— Tant de sacrifices joués et perdus aux cartes ! dit Albin d'une voix tranchante comme un couperet de guillotine.

Arthur regarde toujours la Loire, immense et tranquille.

Manon se moque bien de ce que lui reproche son frère. Surtout cet après-midi ; le soleil est trop chaud pour avoir la moindre pensée. Pourtant le souvenir étincelant de la poupée aux deux colliers ne la quitte pas. Pourquoi ce trésor se trouve-t-il dans une boîte de gâteaux secs, parant une vieille poupée grignotée par les rats, au fond d'une bâtisse abandonnée près du lac ? Et comment se fait-il que Geordeaux en soit le propriétaire ?

Après déjeuner, elle est allée rendre visite à sa grand-mère, bien seule pendant les longues journées d'été. Line a toujours des bonbons dans ses placards et confectionne des petits gâteaux secs qui fondent dans la bouche en une poudre délicieuse. Elle a la douceur des gens résignés, son sourire exprime de vrais sentiments. Auprès d'elle, Manon oublie ses contradictions, ses peurs et ses doutes. Dans la grande pièce où elle vit, quand grand-papa n'est pas là, car sa seule présence suffit à détruire la belle harmonie, chaque chose est à sa place, les meubles, la télévision, la fenêtre entrouverte qui laisse entrer les bruits atténués de la campagne. Il n'est pas possible d'y être malheureux ; les larmes sèchent spontanément, les mauvaises pensées, la tristesse se dissolvent dans un sourire entouré de rides.

Manon trouve sa grand-mère occupée à la lecture. Line passe ses journées à lire des livres si gros et si lourds que la fillette s'étonne de tant de constance, de tant d'opiniâtreté pour rien.

— Il faut bien que le temps passe. C'est la seule manière que j'ai de sortir un peu, de quitter mon fauteuil !

— Mais grand-maman, pourquoi tu ne regardes pas la télévision ?

Line sourit, de ce fameux sourire qui illumine son visage trop blanc et qui met un peu de lumière dans ses yeux pleins de douceur.

— Ce n'est pas pareil ! La télévision me montre le monde, mais je reste dans mon fauteuil. Alors qu'un livre m'emporte loin d'ici et me fait oublier que je ne peux plus marcher !

Manon ne comprend pas : comment un livre peut-il emporter le lecteur alors que la télévision laisse le téléspectateur sur son siège, dans sa maison ?

Elle embrasse sa grand-mère puis dévale l'escalier et court à l'écurie. Capucin se lève, son dos touche presque les solives du plafond. L'énorme cheval abaisse sa longue tête vers la fillette, qui ouvre la porte du box.

— Allez, viens, on va se promener.

71

Le cheval sort dans la fournaise, heureux d'aller se dégourdir les jambes. Albin, qui se dirige vers les vergers, les mains dans le dos, voit le grand animal s'accroupir pour laisser Manon monter sur sa croupe puis partir dans un grand galop. Cette image fugitive reste longtemps dans son esprit, puissante : un symbole, celui du Chaumont et de sa liberté.

Manon, ballottée sur le dos de Capucin, s'accroche à sa crinière. L'animal suit le sentier qui domine le fleuve et son courant tranquille. Le ciel blanc de chaleur se reflète sur l'acier de l'eau. Le cheval quitte la Loire à la limite de la propriété et remonte à travers les plantations de pommiers et de poiriers, quand une masse accroupie attire l'attention de la fillette, qui se laisse glisser au sol. Arthur est là.

— Eh bien quoi ? Qu'est-ce qui te prend ?

Il lève ses yeux rouges vers sa sœur.

— Laisse-moi ! Je te déteste !

— Je sais pourquoi tu es malheureux.

Il bondit comme un diable, martèle sa sœur de coups de poing.

— Arrête !

Manon réussit à se dégager et se réfugie entre les jambes avant de Capucin.

— Qu'est-ce qui te prend ?

Elle grimpe sur le dos du cheval quand son frère s'écrie :

— Reviens !

— Qu'est-ce que tu veux ?

— Écoute-moi !

— Si c'est pour me frapper...

— Non. Il faut qu'on s'entende.

— Explique...

— Je veux pas partir ! Il faut qu'on trouve quelque chose. Peut-être que tes colliers...

— Ils sont à Geordeaux !

Manon fait demi-tour avec Capucin.

— Fais bien attention, menace-t-elle. Si tu en parles, la dame du lac viendra te chercher quand tu dormiras, et t'emportera au fond de l'eau.

Elle pousse son cheval au galop. Ce que vient de lui proposer son frère l'horrifie. Son père a des dettes, et alors ? Le Chaumont va se vendre, pourquoi pas ? Ici, tout est si grand, les bâtiments, l'espace, la Loire d'un côté, la forêt de l'autre. La plupart de ses copines vivent dans des petites maisons toutes blanches en bordure de rue, à Gien ou à Orléans ; elles ont une cour minuscule, des fleurs sagement enfermées dans leurs parterres, des massifs taillés à chaque printemps ! Ici, il y a tant de place et de liberté qu'on ne sait pas quoi en faire. Pourtant, la seule pensée qu'elle pourrait en être privée lui fait mal à crier.

Elle fait de nouveau demi-tour. Capucin s'arrête à la hauteur d'Arthur et s'accroupit.

— Monte.

Arthur hésite. Il se méfie de cette montagne de muscles entièrement dévouée à sa sœur. Il a tout tenté pour l'amadouer, les morceaux de sucre, les carottes volées dans le potager de tante Margot, les caresses : l'animal ne cède pas.

— Monte, je te dis !

Il s'approche de Capucin, hésite encore puis saute sur le large dos, derrière sa sœur. Surpris,

Capucin se dresse vivement, s'ébroue, et se lance dans un galop effréné. Arthur tente désespérément de s'accrocher au court pelage de l'animal, mais perd l'équilibre et tombe dans les grandes herbes qui heureusement amortissent sa chute. Manon éclate d'un grand rire moqueur.

Quand Arthur se relève, la colère rougit son visage poupin. Il serre les poings.

— Tu l'as fait exprès !

— J'y peux rien, moi, s'exclame la fillette en riant, si tu ne sais même pas te tenir sur le dos d'un cheval !

— J'ai déchiré ma chemisette, maman va m'attraper. Tout ça par ta faute !

Manon se laisse glisser de sa monture. Avec son pantalon rouge et ses épaules robustes, elle ressemble à un mousse du temps de la marine à voile. Elle ne rit plus ; sérieuse, elle s'approche de son frère.

— Écoute, le trésor de Geordeaux, c'est rien à côté de ce qui dort dans un grand sac de pommes de terre. Des kilos et des kilos d'or. J'ai entendu tante Margot en parler quand elle avait trop bu. Elle dit qu'il a été perdu, mais nous, on va le trouver.

— De quoi tu parles ? demande Arthur en suivant des yeux un vol de mouettes blanches qui remontent le cours de la Loire.

— Du trésor du comte. Je sais où il est ! Écoute, Margot n'a plus toute sa tête. Une fois, je suis montée dans le grenier du château et j'ai vu dans une grande paillasse un sac très lourd que j'ai pas pu soulever. Viens.

Ils partent en courant à toutes jambes, laissant Capucin rentrer seul à la ferme. Ce n'est pas la première fois que la jeune cavalière l'abandonne ainsi ; le grand animal placide en profite pour brouter les herbes humides du bord du fleuve, flâner entre les hérons et les mouettes.

Ils arrivent au bas du sentier qui conduit au château. Margot est dans son potager, le bruit sec de son outil contre les cailloux les avertit que la voie est libre. Ils grimpent le raidillon entre les frênes et les robiniers. Manon marche devant ; Arthur, peu convaincu, se contente de suivre. La fillette lui fait un signe et ils entrent dans le bâtiment par une petite porte sombre qui frotte contre les dalles avec un bruit aigre. Ils restent un moment dans l'ombre, puis, quand leurs yeux s'habituent à l'obscurité, Manon fait signe à Arthur de la suivre dans l'étroit escalier de pierre qui monte en colimaçon. Il fait frais, presque froid, Arthur frémit et pense à la brise tiède qui coule le long du fleuve. Ce matin, il a repéré une cane et ses canetons cachés dans les joncs.

Ils arrivent au grenier éclairé par des lucarnes couvertes de toiles d'araignées. Une chaleur torride et une odeur de vieilleries les retiennent un moment près de l'escalier. Enfin, Manon écarte les mèches de ses cheveux de son visage.

— C'est ici.

Ils se faufilent entre des caisses, des coffres et d'antiques meubles poussiéreux. D'une poutre pendent des vêtements suspendus à des portemanteaux. Le silence les abasourdit. Au bout de leur traversée, Manon pousse le couvercle de paille tressée d'une énorme jatte qui devait servir autrefois à entreposer le grain. Sous des piles de vieux journaux, elle découvre un sac.

— C'est ça ! lance-t-elle. Sors-le, on va bien voir ce qu'il contient.

Arthur attrape à pleines mains le sac qui dégage un nuage de poussière blanche, s'arc-boute sur le rebord de la jatte, mais ne réussit pas à l'en sortir.

— Pousse-toi ! dit Manon en le bousculant. Tu es vraiment un bon à rien.

Elle saute dans la jatte, tousse, puis ouvre le sac.

— Merde !

Le sac contient une enclume, une énorme masse de fer rouillée avec ses deux cornes pointues de chaque côté, comme un casque antique.

— Alors, c'est ça, ton trésor ? demande Arthur, moqueur.

— Il est quelque part ici, j'en suis certaine, et personne ne se souvient où il a été caché. On le trouvera !

— Mais il appartient à tante Margot ! objecte le garçon en s'assoyant sur une vieille malle en cuir.

— Non. Il n'appartient à personne. Margot s'en fout puisqu'elle ne le cherche pas. Quand on l'aura trouvé, on le donnera à papa pour rembourser ses dettes.

Elle vient de parler de leur père, le mot interdit entre eux depuis qu'il a commis la faute de perdre le domaine au jeu.

— Tu sais, dit-elle, papa a été entraîné par quelqu'un. Ce n'est pas sa faute !

Arthur n'est pas aussi indulgent parce qu'il en veut à son père d'avoir fait couler les larmes de sa mère. Et il se sent à son tour un peu coupable. Plusieurs fois, il a composé le numéro de Clément sur son portable, mais il a raccroché avant la première sonnerie, bien conscient qu'il n'oserait pas l'affronter.

— Viens, on va encore chercher.

Ils se mettent à déplacer des caisses, ouvrent des valises, fouillent des montagnes de vêtements dans une poussière âcre qui leur dessèche la gorge. Au bout d'un long moment de ce travail fastidieux, Arthur, découragé, se redresse, les mains sur ses reins douloureux.

— On n'y arrivera jamais. Il faudrait une pelleteuse pour déplacer tout ça !

— C'est bien pour ça que le trésor est à l'abri et qu'il nous attend depuis si longtemps !

— Écoute, j'étouffe. On reviendra demain !

Manon ne se fait pas prier. Les deux enfants, couverts de poussière, ruisselants de sueur, descendent l'escalier, saisis par la fraîcheur des pierres humides.

— Tu penses bien que tante Margot ne monte jamais là ! Elle qui trébuche sur les trois marches du perron !

Ils sortent dans la lumière éclatante de l'après-midi, retrouvent les cris des oiseaux, la rumeur du fleuve et le murmure des grands noyers. Ils ont l'impression de sortir d'un caveau, d'émerger du passé. Ils s'éloignent chacun de leur côté, sans un mot.

Cela fait trois jours que Fabienne est sans nouvelles de Clément. Elle l'a appelé plusieurs fois sur son portable, mais il n'a pas répondu. Maxime Leblois, son collègue et ami, à qui elle a demandé de ses nouvelles, lui a appris que Clément était en déplacement dans le Nord pour le restant de la semaine.

Ce matin, enfin, Clément l'appelle de son hôtel à Amiens. Il s'en veut d'être parti comme un malotru, mais il n'a pas supporté les reproches muets de son père.

— Tu sais bien que je suis incapable de t'en vouloir ! s'exclame Fabienne, les larmes au bord des yeux. Reviens, c'est tout ce que je te demande. Arthur et Manon t'attendent.

— Je ne veux plus jamais remettre les pieds au Chaumont. Mon père ne pardonne rien et j'ai porté atteinte à sa fierté de Laurrière.

— Aucune importance. Je vais prendre un appartement à Orléans, ou ailleurs si tu veux. Les enfants viendront avec nous et tout s'arrangera.

— Il faut qu'on en parle, conclut Clément. Sois

cet après-midi à Orléans vers dix-sept heures, à la sortie du parking de la cathédrale.

— J'y serai !

Fabienne est si heureuse qu'elle éprouve le besoin de partager sa joie. Elle cherche ses enfants, mais Manon a dû partir avec Capucin et Arthur doit être à la pêche. Pour la première fois depuis le début des vacances, elle prépare le déjeuner en chantonnant. En arrivant, Manon remarque son visage radieux et s'étonne.

— Papa est à Orléans, je vais le rejoindre cet après-midi. Tout va s'arranger ! Mais d'où tu viens ? Tu es couverte de poussière.

Manon fait la moue, comme d'habitude. Elle a passé la matinée dans le grenier du château, elle a failli se faire prendre par Geordeaux, qui a entendu du bruit et croyait qu'une martre ou une fouine avait réussi à passer entre les grosses pierres du mur. Ses fouilles ne lui ont permis de retrouver que deux vieux pistolets, un casque colonial, plusieurs cannes en bois vermoulu, des vêtements, des médailles militaires, de la vaisselle, mais pas le moindre louis d'or.

Après un déjeuner pris sur le pouce, Fabienne se rend à Orléans. Elle laisse sa voiture dans le parking à côté de la cathédrale. Chaque rue la rapproche de son passé et de sa mère. Elle n'ira pas la voir, malgré l'envie qu'elle en a, malgré le besoin de partager sa joie avec elle.

Elle se plante sur le trottoir. L'attente mêlée d'angoisse commence et les secondes ne passent plus. Des doutes l'assaillent : et si Clément avait changé d'avis ? Elle hésite à l'appeler.

L'été poursuit son spectacle, inonde de lumière les toitures, les immeubles cossus. Les feuilles des platanes se balancent au bout de leurs tiges. Le soleil brûle la peau de Fabienne, mais, dans ses veines, la glace circule. Le téléphone vibre dans son sac à main, elle l'attrape d'une main fébrile. C'est Clément, il aura une heure de retard. Ce n'est pas grave pour elle, qui redoutait le pire. Une heure, c'est très long quand on attend, mais cela finit par passer.

Pour patienter, elle part se promener. Ses pas la conduisent dans la rue de sa mère, au bas de l'immeuble aux belles pierres taillées, superbe et en même temps frivole, comme cette femme qui l'a si longtemps négligée.

De retour à la sortie du parking, son attente est de courte durée. Clément arrive d'une rue voisine, traverse la place. Elle court au-devant de lui et se laisse tomber dans ses bras. Ils restent ainsi un long moment, enlacés, attentifs seulement aux battements de leurs cœurs. Enfin Clément se détache, regarde autour de lui.

— On va entrer dans un bar. Ici, on se donne en spectacle.

Ils s'assoient dans l'ombre fraîche d'une salle climatisée. Maintenant, Fabienne sent un poids peser sur eux, une profonde anxiété la gagne.

— Tout va s'arranger ! dit-elle, comme pour se convaincre elle-même. On va prendre un appartement ici ou à Paris, n'importe où mais loin du Chaumont, qui nous détruit.

Il secoue la tête. À la naissance de ses cheveux

courts, des petites perles de sueur brillent comme de minuscules pierres précieuses.

— Non, rien ne va s'arranger. Je ne saurai pas résister au jeu. Il vaut mieux que je parte tant que je ne vous ai pas complètement détruits.

— Qui te parle de nous détruire ? s'insurge Fabienne. C'est ton absence, ton silence qui nous minent. J'ai besoin de toi, Manon et Arthur ont besoin de toi !

Il secoue encore la tête.

— Tu ne peux pas comprendre. Je vais vous mettre sur la paille ! Après le Chaumont, mon salaire, le tien, tout va y passer !

— On t'aidera à résister. Quand tu penseras aux enfants, tu ne pourras plus t'approcher d'une table de jeu.

— Je suis maudit ! lâche-t-il dans un soupir.

Il pense à ses trois jours de cavale. Il a continué de visiter ses clients, de prendre des commandes, mais son terrible échec, sa dette, qui va engloutir le domaine, au lieu de le retenir, de le détourner du jeu, agit sur lui comme un aiguillon. Il est en manque ! Il sent en lui le vide laissé par le besoin du jeu, et pour le combler, pour la jouissance extrême de tenir des cartes dans sa main, d'espérer la bonne combinaison, il est capable de toutes les lâchetés.

— Mon père a raison, je suis un minable ! Je ne sais pas pourquoi j'ai cette maladie, mais elle me mène par le bout du nez.

— Écoute, je sais qu'avec ton père ça n'a jamais marché. Lui ne pense qu'à son domaine, et toi tu as besoin de liberté. On va couper les ponts avec le domaine. Dès demain, je vais visiter les agences, louer un appartement, et nous t'aiderons. Je t'en supplie ! Pour moi et pour les enfants, accepte !

Clément se lève et sort sans rien répondre. Fabienne court dans la rue pour le rattraper, mais il a déjà disparu. Elle regarde autour d'elle, la place avec les passants qui s'arrêtent pour admirer la cathédrale, le ciel sans nuages. Elle appelle Clément, mais il ne répond pas. Alors, la tête basse, elle rejoint sa voiture. Une fois sortie de la ville, elle se gare dans une clairière et compose un numéro sur son portable.

— Baptiste ?

Une voix claire lui répond. Baptiste a une dizaine d'années de moins qu'elle, mais cette différence leur convient à l'un comme à l'autre, elle maintient entre eux une distance confortable qui participe à leur entente. Pourtant, cet appel en milieu d'après-midi est anormal, impensable jusqu'à ce jour. En reconnaissant la voix de Fabienne, Baptiste exprime son étonnement.

— J'ai besoin de te parler.

— Tout de suite ?

— Oui.

Baptiste se dirige vers sa voiture. Il est libre de s'absenter, Albin Laurrière lui fait une entière confiance et le laisse partir sans lui poser la moindre question.

Quelques minutes plus tard, il arrive à la clairière, gare sa petite voiture à côté de celle de Fabienne.

— Merci d'être venu ! Je savais que je pouvais compter sur toi.

C'est tout ce qu'elle peut dire. Des sanglots soulèvent sa poitrine, elle n'a plus la force de se cacher pour pleurer. Baptiste reste à la portière de son véhicule, indécis, touché. Elle s'approche de lui, il n'ose pas faire un geste dans sa direction, comme si ce geste allait l'engager totalement.

— J'ai vu Clément ! Il est prisonnier de sa maladie. J'ai peur pour Arthur et Manon.

Baptiste baisse sa tête aux cheveux courts dans une attitude qui rappelle son patron et se garde bien de livrer le fond de sa pensée.

— Mon beau-père ne t'a-t-il pas parlé ? demande brusquement Fabienne.

— Nous n'avons que des conversations professionnelles. M. Albin est un homme secret, comme moi d'ailleurs, raison pour laquelle nous nous entendons si bien.

— Qu'allons-nous devenir ?

— Il faut faire confiance à M. Albin.

— Crois-tu qu'il déteste son fils au point de ne pouvoir jamais se réconcilier avec lui ?

Baptiste s'étonne d'une telle question. Il n'a que des relations très distantes avec Clément, un salut le matin, une poignée de main rapide, quelques mots sur le temps ou la saison ; le Chaumont les tient éloignés l'un de l'autre.

— Je ne sais pas ! réplique-t-il. Je sais que M. Albin aime le Chaumont plus que tout.

Fabienne espérait une main tendue, un peu d'amitié, de chaleur, pour ne pas se sentir totalement abandonnée. Baptiste, visiblement gêné, reste sur ses gardes.

— Je croyais pouvoir te faire confiance !

Elle claque la portière de sa voiture et s'éloigne rapidement. Baptiste se décrispe enfin, contemple longuement la route claire où Fabienne a soulevé un nuage de poussière. Il s'en veut de n'avoir pas su aider la seule femme avec qui il se sente bien. Ses deux premières années au Chaumont ont été difficiles. Alors qu'il était encore un adolescent mal dans sa peau, malléable, perdu loin des jupons de sa mère, le maître ne lui faisait aucune concession. Fabienne, elle, lui parlait gentiment, savait trouver les mots qui le réconfortaient ; il l'aimait comme une grande sœur. À présent, il rôde souvent autour de la maison neuve sans jamais oser aller au bout de ses pensées. S'il le fait un jour, ce sera pour s'enfuir aussitôt après, et c'est pour cela qu'il a laissé filer une belle occasion d'ouvrir son cœur.

Avant d'arriver au Chaumont, il remarque une petite voiture blanche arrêtée sur le bord de la route. C'est Fabienne, elle n'a pas eu le courage d'aller plus loin. Il se gare à côté. La chaleur est lourde, le soleil brûle, annonciateur d'orage. La jeune femme est là, la tête posée sur le volant. Elle lève enfin ses yeux rouges vers lui. Il fait le tour du véhicule, s'assoit dans la fournaise à côté d'elle.

— Je n'ai pas envie de rentrer au Chaumont, dit-elle. Il y a trop de haine. Mon beau-père...

— Il a donné un sens à ma vie. Je ne l'abandonnerai jamais, réplique Baptiste en regardant droit devant lui.

— Je ne sais pas ce que je vais faire. Le Chaumont m'a tout pris...

— Et vos enfants ?

Fabienne hausse les épaules. Un mouvement de tête anime ses cheveux courts.

— Le domaine me les a pris aussi. Ils n'ont pas besoin de moi.

— Vous pouvez compter sur moi ! dit Baptiste en ouvrant la portière.

Au Chaumont, la cour est déserte à cette heure. Albin et les ouvriers sont dans les vergers, Line doit lire puisqu'elle n'est pas derrière sa fenêtre où elle passe de longues heures à regarder les arbres. Au loin coule la Loire, inaccessible. Baptiste arrête sa voiture sous le tilleul, marche en direction des vergers, mais, au petit croisement des sentes taillées dans la terre où les roues des tracteurs ont creusé deux rigoles parallèles, il prend le sentier qui monte jusqu'aux antiques noyers. De là, à l'ombre des grands arbres, il contemple les ruines de la cabane, celle du premier Laurrière, qui était aussi démuni que lui. Et, tandis que ses yeux parcourent les collines couvertes des filets blancs tendus au-dessus des pommiers, tandis qu'il voit la barrière de la Loire, puis le château, imposant, souverain, un vieux rêve s'épanouit en lui, comme une touffe de lilas au printemps, et il a chaud, car ce qui se passe sert son désir le plus caché, le plus insensé : il pourrait être le gagnant de cet immense gâchis !

Manon n'est pas retournée fouiller le grenier du château. Elle erre une partie de l'après-midi sur les chemins du Chaumont puis s'enfuit vers les bords de la Loire. Arthur est là, allongé sur le sol à surveiller un grand poisson calé sur le fond, immobile en travers du courant.

— C'est un saumon ! dit-il sans se retourner. J'en suis sûr. J'ai vu tellement de photos que je peux pas me tromper ! Tu te rends compte, un saumon !

Manon ne comprend pas que son frère ne pense qu'aux poissons quand tout s'écroule autour d'eux. Elle éprouve le besoin de le faire réagir.

— Maman a revu papa et elle pleure !

Arthur se dresse sur les coudes, jette un regard menaçant à sa sœur.

— Tu mens !

— Non ! réplique Manon. Papa a dit qu'il ne voulait plus vivre avec nous !

Arthur accuse le coup. Sa vue se brouille et le grand poisson se déforme comme les grandes herbes sous l'eau.

— On va partir d'ici ! continue Manon. Et toi, tu t'en fous !

— Tu dis n'importe quoi ! On ne partira pas parce que ce n'est pas possible. Grand-papa arrangera tout !

Arthur repense à son cauchemar de la nuit dernière. Son père, armé d'un couteau de boucher, poursuivait tout le monde. Il s'est réveillé lorsque la lame, brillant au soleil, allait s'enfoncer dans la poitrine de sa mère.

— Et puis on va aller habiter dans un petit appartement à Orléans. Et je serai séparée de Capucin !

Arthur regarde de nouveau le corps fusiforme du saumon qui ondule dans le courant, ses flancs clairs, ses belles nageoires déployées. Fort des mille kilomètres parcourus pendant son voyage de retour, le poisson a une élégance, une noblesse qui le différencient d'une carpe ou d'un brochet. Le jeune pêcheur rêve un long moment puis se tourne vers sa sœur, qui poursuit :

— Et tu t'en fous ! Tu regardes ton poisson idiot !

— Mais qu'est-ce que tu peux me casser les pieds ! Fous le camp !

— Toi, tu ne penses qu'à la pêche !

— Et toi, tu ne penses qu'à pleurnicher, qu'à raconter des histoires pour me tracasser !

— C'est pas vrai ! hurle la fillette. C'est toi qui veux rien entendre !

Manon se jette sur Arthur, qui n'a pas le temps de se protéger et reçoit une volée de coups dans le dos. Les deux enfants roulent dans les herbes odorantes jusqu'à ce qu'un craquement les arrête.

— Mon pantalon rouge ! crie Manon en se dressant pour constater les dégâts.

Arthur rit aux éclats en voyant la déchirure, sur l'arrondi des fesses, qui laisse voir la petite culotte blanche.

Geordeaux est devant eux, muni d'une canne à pêche très robuste et d'une musette. À cette heure, inhabituelle pour lui, le petit homme apparaît plus contrefait qu'à la tombée de la nuit. La courbure de son dos, ses épaules étroites, sa silhouette simiesque s'accommodent mal de la lumière vive. Le béret rond, toujours enfoncé sur son crâne, fait ressortir ses oreilles décollées, ses pommettes saillantes, son menton épais et sa barbe de plusieurs jours, mal plantée, qui lui salit les joues. Seuls ses yeux aux longs cils donnent à son visage grimaçant un peu d'humanité.

— Le saumon ! lui lance Arthur sans quitter des yeux la déchirure que Manon tente de dissimuler tant bien que mal.

Geordeaux s'approche, regarde un long moment le grand poisson. Ses yeux se sont allumés de convoitise. Puis il secoue la tête et s'éloigne sur le sentier.

— Pas bon ! dit-il en faisant un geste évasif pour indiquer que le migrateur ne va pas rester longtemps à cet endroit.

Sans ses chiens, Arthur le sent plus proche. Il le rattrape et marche un instant derrière lui, ne sachant comment l'aborder. Ils arrivent à un tournant du fleuve où l'eau stagne. Un arbre mort laisse dépasser son squelette sombre à la surface de l'eau. Le soleil descend sur l'horizon, des multitudes d'insectes volent, pleins de lumière, comme des étincelles dans la féerie du soir. Geordeaux s'arrête en face de l'arbre mort. Derrière lui, Arthur n'ose pas parler et le regarde déplier sa canne en deux brins, vérifier le fonctionnement du moulinet. Enfin, il passe le fil dans les anneaux. Le garçon s'approche lentement, redoutant à chaque instant que le pêcheur ne le rabroue. Mais non, Geordeaux ne le voit pas. Ses yeux bleus ne quittent pas un endroit précis entre l'arbre mort et le courant. Des grenouilles éparses et invisibles font leur tintamarre assourdissant puis se taisent toutes en même temps, laissant le trou du silence aux poissons qui piochent à la surface.

Geordeaux fouille dans son sac, en sort une courte tige d'acier alourdie d'un fil de plomb et hérissée de deux hameçons triples.

— Manouches ! dit-il en souriant.

Encouragé, Arthur fait un nouveau pas vers le pêcheur, ne perdant rien de ses gestes, épurés de tout mouvement inutile. Geordeaux sort, pliées dans du papier journal, des petites perches aux nageoires rouges, aux grands yeux dorés en amande qui semblent regarder au-delà du réel. Il fixe l'une d'elles à sa ligne, et, sans quitter des yeux l'endroit entre le courant et l'arbre mort, se déplace de quelques pas sur la berge. Sa canne siffle en fouettant l'air. La perche vole en tournoyant, tombe en bordure de courant avec un bruit de caillou. Geordeaux actionne par saccades la manivelle de son moulinet.

Tout à coup, la canne plie, Geordeaux ferre : un poisson a mordu, le fil, tendu à se rompre, fend la surface. Le moulinet crisse. Courbé, s'opposant à la force du brochet, Geordeaux court de ses petites jambes pour accompagner la fuite du captif vers l'aval. Arthur mesure l'ampleur du combat. C'est autre chose que les ablettes, légères comme des plumes ! Il a noté, avec une précision qui lui manque tant au collège, la forme et la manière dont est conçue la canne, le tour de main pour fixer la perche sur le crochet métallique, la place et le rôle du fil de laiton, vulgaire câble de téléphone, piqué dans les ouïes et enroulé près du plomb pour empêcher le poisson appât de glisser sur la tige. Il pourra l'imiter, c'est certain, après avoir acheté des hameçons triples à Gien.

Le brochet se bat encore, mais ses départs vers le courant sont moins violents. Dans un dernier sursaut, il jaillit hors de l'eau, découvrant son grand corps clair, ses nageoires rouges déployées, sa large gueule blanche ouverte qu'il secoue pour se débarrasser du clou planté dans son palais. C'est cruel et magnifique à la fois. Arthur, bercé par les gentils dessins animés de son enfance, par les beaux contes qui finissent bien, par les propos continuels de sa grand-mère et de sa mère rabâchant qu'il ne faut surtout pas faire de mal aux animaux, se sait pourtant du côté de Geordeaux. Il comprend l'enjeu du combat, ce duel qui ne laisse aucune chance à l'animal. Lui qui tue sans remords les ablettes ne mesure pas davantage avec

le grand poisson la monstruosité de son indifférence. Quand le brochet, couché sur le flanc, se
laisse glisser à la surface de l'eau, Arthur ne pense
qu'au bonheur de la capture, au plaisir de toucher et de voir sur l'herbe ce roi des profondeurs
vaincu par la ruse du pêcheur. La nature ignore la
compassion et c'est bien ainsi ! Arthur sait qu'au-
delà des reproches sucrés de sa sœur, lui, qui
pleure quand le film est triste et qui plaint les malheureux, il sera toute sa vie un chasseur, et qu'une
réflexion apitoyée après coup n'y changera rien.

Geordeaux passe les doigts sous les ouïes de sa
victime et la jette sur la berge où elle se débat
lourdement. Le maître de l'onde n'est plus qu'un
poisson ordinaire, trop lourd pour glisser jusqu'au
fleuve. Geordeaux le soupèse de nouveau.

— Trois kilos ! Trop petit !

Arthur s'est assis dans l'herbe tout près du brochet, qu'il détaille. Ses opercules se soulèvent
régulièrement. Sa gueule entrouverte est hérissée
de dents pointues, aussi tranchantes que des
lames de rasoir. Ses yeux lui donnent un aspect de
brute sanguinaire, mais le garçon sait qu'il n'en
est rien : le brochet est à sa place dans le fleuve,
comme lui sur la berge.

Geordeaux enfouit sa prise dans un sac de jute
identique à celui qu'il avait rempli d'écrevisses,
prend une nouvelle perche dans le papier journal
et recommence à pêcher, avec la même patience.
Il lance sa ligne, la récupère lentement en impri-
mant des mouvements brusques à sa canne,
recommence encore. Au bout d'une heure de
ce jeu éreintant, il s'arrête, regarde le courant

comme s'il lui demandait pourquoi il n'a pas réussi à ferrer le gros brochet qu'il sait à cet endroit.

— Pas le jour ! dit-il enfin.

Il s'éloigne avec, sur le dos, son sac de jute au fond duquel gît le poisson inerte. Arthur reste un long moment silencieux face au fleuve. Jamais il n'acceptera de quitter le Chaumont. Il a, tout à coup, envie d'aller voir son grand-père, de lui parler. À cette heure, Albin Laurrière vérifie les comptes dans son bureau. Le garçon court vers la grande maison, grimpe à l'étage, mais la pièce est vide. Il va embrasser grand-maman, qui lit près de la fenêtre. L'été remplit la chambre des cris de martinets, d'une rumeur venant des collines qu'amplifie la lumière.

Il court alors jusqu'à la colline aux vieux noyers. Grand-papa est là, qui contemple son domaine. Sa haute silhouette se détache dans la lumière qui monte du fleuve. Arthur s'approche. L'homme tourne lentement la tête vers lui. La présence du garçon semble lui faire du bien.

Arthur regarde un instant la Loire aux eaux d'argent et s'éloigne sans un mot. Un peu en retrait, il voit Geordeaux, caché derrière un buis. Ce n'est pas la première fois qu'il surprend ainsi le simplet dans les parages de son grand-père, qu'il constate l'étrange attraction que le patriarche exerce sur cet homme des bois.

À la maison, Manon refuse de mettre le pantalon noir que sa mère lui propose.

— Mais tu as déchiré le dernier pantalon rouge

qui te restait. Les deux autres sont dans la machine à laver, tu ne vas pas te promener cul nu !

— Je n'aime pas le noir ! crie Manon. Je n'aime que le rouge !

— Alors mets ta belle robe rouge, celle que tante Margot t'a achetée.

— Non ! hurle Manon en claquant la porte de sa chambre.

L'homme qui arrive au Chaumont gare sa voiture sous le tilleul, défroisse le dos de sa veste. Malgré la chaleur intense, il porte un costume et une cravate serrée. Ses fines lunettes ajoutent une certaine distinction à son visage clair. Il regarde autour de lui puis se dirige vers la grande maison.

Arthur est là, qui bricole une canne pour pêcher le brochet. Il se méfie tout de suite de cet étranger trop bien habillé pour la saison, avec sa sacoche de cuir noir.

— Je cherche M. Laurrière, Albin Laurrière.

— C'est mon grand-père. Vous le trouverez dans l'entrepôt.

Tout en marchant dans l'allée gravillonnée, l'homme jette de nouveau un regard circulaire autour de lui. Arthur déboutonne sa chemise en pensant que le visiteur doit avoir bien chaud avec son col serré par une telle fournaise, et reprend son bricolage. Il se voit déjà aux prises avec un énorme brochet. Hier, il a suivi sa mère à Gien pour acheter du fil résistant, du six kilos, et se demande si ce sera suffisant.

Le visiteur arrive à l'entrepôt, pousse la lourde

porte et pénètre à l'intérieur, aussitôt surpris par le froid qui règne dans cet immense hangar destiné à conserver les fruits. Albin Laurrière est là, les mains dans le dos, entre les caisses de bois où sont entreposées les pommes.

— Monsieur Laurrière, je me suis permis d'entrer...

— Qu'est-ce que vous me voulez ? demande le propriétaire d'un air bourru.

— Je suis Loïc Jarnot, représentant de la banque qui a prêté deux millions d'euros à valoir sur le domaine de votre fils. Compte tenu de la situation...

Il frissonne et remonte le col de sa veste. Albin Laurrière fait tourner une pomme entre ses doigts.

— Compte tenu de la situation, poursuit Jarnot, je vous annonce que nous allons être obligés de mettre en vente la propriété. À moins que vous ne puissiez racheter la dette de votre fils.

Albin Laurrière a blêmi. Son silence arrête le banquier, pourtant peu enclin à se laisser impressionner.

— Le domaine ne se vendra pas !

— Si, il va se vendre ! réplique Jarnot. Vous ne pouvez rien contre une telle décision.

— C'est ce que nous verrons ! Pour l'instant, sortez ! ordonne Laurrière, qui n'a pas interrompu l'inspection de la pomme.

L'homme inscrit son numéro de téléphone sur un morceau de papier qu'il pose sur une pile de cageots vides et sort, heureux de retrouver le soleil et la chaleur de l'été. Albin marche dans les allées entre les caisses de fruits. Enfin, il quitte l'entrepôt, traverse la cour qu'il ne reconnaît plus. Entre les noyers et les cerisiers, le toit pointu du château le nargue. La voiture du visiteur est partie, le Chaumont a retrouvé son visage de toujours, qui pourtant se refuse à son gardien.

Albin Laurrière s'éloigne sur la sente qui grimpe mollement entre les pommiers. Le soleil est bas sur l'horizon, une lumière oblique donne du relief aux arbres plantés en ligne, sagement taillés et déjà lourds de fruits.

Les sabots d'un cheval le tirent de ses sombres réflexions. Il se tourne vivement. Manon, qui a retrouvé son habituel pantalon rouge, arrive à sa hauteur, montée sur Capucin. Albin a beau voir le grand animal tous les jours, sa taille l'étonne encore en ce lieu où tout est bien ordonné, où la moindre pousse est contrôlée par la main du cultivateur. Juchée sur le large dos du cheval, la fillette semble minuscule alors qu'elle a les épaules robustes de son frère. Elle se laisse glisser au sol, s'approche du vieil homme, qui n'a pas bougé, un rameau couvert de pommes dans la main droite.

— Qu'est-ce que tu fais, grand-papa ?

Il hausse les épaules.

— Moi, j'aime bien tes pommiers. On dirait des soldats en rang pour la bataille !

La comparaison plaît au vieil homme.

— Mon arrière-arrière-grand-père venait d'une région de vignes et de fruits. Alors, le fleuve en bas, le soleil qui court de gauche à droite, une exposition plein sud pour la plupart des parcelles et sud-est pour les autres, tout lui parlait. Il a pris la terre dans ses mains, légère comme de la cendre, il l'a regardée avec ses étoiles de sable qui brillaient, il a senti son odeur d'humus.

Manon s'est assise sur une grosse pierre et écoute son grand-père en suivant des yeux ses gestes qui l'emportent du soleil à la Loire miroitante. Elle prend à son tour une poignée de terre, la laisse couler entre ses doigts, la hume. Une odeur de mousse sèche, d'écorce de bois, avec cette senteur fugitive du vent de Loire, envahit ses narines.

— C'est vrai qu'elle est belle ! dit-elle.

Capucin s'est éloigné comme il le fait chaque fois que Manon le laisse libre, et broute les grosses herbes du bord de l'allée. Albin s'est assis à côté de la petite fille. Raconter son histoire lui fait du bien, d'autant plus qu'il sent Manon attentive.

— Continue de me parler comme ça, grand-papa !

— Ici, c'est chez nous ! poursuit Albin Laurrière. On ne pourra pas nous en déloger parce que la sueur des Laurrière a fertilisé cette terre que personne n'avait regardée avant eux.

— Je t'aime bien, grand-papa.

Manon laisse peser sa tête sur l'épaule du vieil homme.

— La fraîcheur tombe ! dit-il. Il faut rentrer.

Manon appelle Capucin, qui revient au trot, se hisse sur son dos et part dans un galop puissant. Albin attend un long moment après que le cheval a disparu pour reprendre sa marche.

— Tout ça pour quoi ? demande-t-il en haussant la voix.

La folle des Chênes est devant lui. Il ne l'a pas entendue s'approcher. La jeune femme le regarde intensément, comme si elle allait parler.

Albin fait un pas en avant. La folle s'est volatilisée, il ne reste que le frémissement des collines, la lente respiration d'une campagne paisible.

Arthur s'est positionné exactement à la place de Geordeaux, sur le tertre constitué de racines et de grosses herbes qui surplombe l'eau, à côté de l'arbre mort dont les branches se dressent au-dessus du fleuve. Le soleil rouge, lourd d'une fatigue ordinaire, tombe sur l'horizon qui va l'engloutir. Des nuées de moucherons volent sur le courant que les poissons capturent en trouant la surface de ronds concentriques. La féerie du fleuve gagne le garçon, qui lance son poisson mort dans l'eau profonde et l'anime, tout son corps tendu à l'idée de la touche brutale et puissante du brochet. Pendant ce temps, il ne pense pas à autre chose.

— Pas ça !

Il se tourne. Geordeaux est derrière lui avec ses quatre chiens. Une fois de plus, Arthur ne les a pas entendus. Geordeaux est capable de marcher en chat sur les graviers qui roulent, de glisser dans les taillis sans déranger la moindre feuille. Cette manière d'animal sauvage surprend le jeune garçon, qui a bien essayé d'en faire autant mais n'y arrive pas. C'est pourtant par ce comportement d'animal qu'on se mêle entièrement à la nature et qu'on en comprend les secrets. Une loi absolue relie les eaux, les forêts, les poissons et les hommes. Mais comment en percevoir les signaux ?

— Non ! insiste Geordeaux.

Il pose la main sur le poignet du garçon et le guide. Au bout de deux lancers, il constate :

— Pas le jour !

— Qu'est-ce que tu veux dire ?

— Pas le jour ! Viens !

Geordeaux s'éloigne, ses quatre chiens devant lui. Arthur hésite avant de lui emboîter le pas, puis se décide, court dans le sentier qui contourne les maisons. Il rattrape le nabot, qui lui fait signe de s'approcher en silence.

Tous deux se glissent entre les touffes d'aubépines et les arbres silencieux qu'aucun souffle d'air n'anime. La magie de cet instant n'échappe pas au garçon qui retient ses pas, évite les brindilles qui cèdent avec un bruit sec. Ils arrivent au lac dont l'odeur d'herbe humide et de menthe rafraîchit l'air. Les grenouilles coassent.

Geordeaux regarde un instant l'eau immobile et sombre. Enfin, il se tourne vers Arthur.

— Tu vas voir !

Ce n'est plus le Geordeaux qui cultive le jardin de tante Margot, le Geordeaux dont les ouvriers se moquent, c'est un autre homme, c'est l'image même de ce soir d'été. Il s'assoit entre ses chiens dans des herbes presque aussi hautes que lui et se met à ululer, exactement comme une chouette, puis il se tait, l'oreille tendue. Arthur entend alors d'autres ululements venant des quatre coins de la forêt. Geordeaux leur répond, curieux dialogue entre les oiseaux et ce débile qui ne sait pas écrire son nom.

Un frôlement d'ailes attire le regard d'Arthur. Des chouettes blanches se rapprochent, voletant jusqu'aux branches basses tout près de Geordeaux, qui module des sons aigus. Les oiseaux lui parlent d'une voix plaintive et soumise. Les chiens, assis, absolument immobiles, ressemblent à des souches dans la pénombre.

À cet instant, un claquement retentit, suivi d'un bruit d'ailes qu'on déploie. Prince pousse un hurlement sinistre et saute comme s'il avait marché sur des braises, la gueule largement ouverte. Ses crocs brillent à la faible lumière, puis il s'écrase au sol. Geordeaux se jette sur le chien dont le flanc saigne abondamment.

— Prince ! Mon Prince ! appelle-t-il d'une voix affolée en serrant contre sa poitrine la grosse tête déjà sans vie.

Arthur, resté en retrait, regarde les trois chiens qui tournent autour de leur compagnon et grognent, menaçants. Ils flairent le sol, se lancent sur une piste puis reviennent. Geordeaux serre toujours contre lui la tête de l'animal, en murmurant des sons pleins de douleur. Tout à coup, il se dresse, face au mur de la nuit tombée, et pousse un cri strident qui résonne au loin.

Arthur s'est lentement glissé derrière les aubépines et court au Chaumont, la peur au ventre. Quand il arrive, sa mère, qui s'inquiétait, le serre dans ses bras.

— Mais où étais-tu donc ?

Six heures du matin. Arthur se dégage de ses draps sans le moindre bruit, prend ses vêtements et descend l'escalier en évitant de faire craquer les marches. Dans la chambre voisine, sa mère soupire et remue dans son lit. Elle ne dort probablement pas mais ne l'a pas entendu. Le plus dur va être d'ouvrir la porte qui grince. Il décide de sortir par la fenêtre de la cuisine.

Moute, la vieille chatte qui passe ses journées à dormir sur le canapé, l'entend et vient se frotter contre ses mollets. Il la repousse du pied, mais l'animal insiste avec de petits miaulements. Arthur se sent la bouche sèche, il boirait bien un verre d'eau, mais il faut ouvrir le placard dont les portes font un bruit sec en se détachant de l'aimant qui les retient fermées. Il renonce donc, grimpe sur l'évier, puis sur le rebord de la fenêtre, et saute dans la cour. Ses chaussures, en touchant le sol, font un bruit de gravier écrasé. Près de l'écurie, il s'arrête, regarde le soleil qui éclaire la campagne d'une lumière vivifiante, un peu épaisse. Un coq chante, les oiseaux se chamaillent en piaillant sur le tilleul. L'immobilité du matin touche le jeune garçon, sensible à la solennité d'un jour d'été qui commence. La nature est vide des hommes, de leur tintamarre, elle se donne à elle-même. Arthur se découvre explorateur, maître du temps à venir. Il contourne l'écurie, passe prendre sa canne à pêche et se dirige vers la Loire. Geordeaux l'attend au bas de la pente. Le petit homme tourne vers lui son regard d'un bleu que la lumière rasante du matin éclaircit puis part devant ; son énorme musette pèse sur son dos rond. De la main droite, il tient une longue canne en bambou qu'il a bricolée.

Au bord de la Loire, Arthur respire à pleins poumons l'odeur fraîche d'eau et d'herbes mêlées, de menthe sauvage, de vase et de roseaux, que le matin avive. Ses soucis sont restés derrière lui. Le voilà aussi léger qu'un de ces oiseaux qui volent au-dessus du courant, presque heureux.

— Et tes chiens ?

— Là-haut ! répond Geordeaux en se tournant vers le château.

Ils poursuivent leur chemin en silence. Arthur est plus grand que Geordeaux, qui balance en marchant son torse trop long pour ses jambes courtes.

— La carpe, dit-il. Camion !

— Un camion ?

— Oui, camion !

Arthur pousse un petit cri d'admiration. En même temps, il espère ne pas ferrer un poisson aussi puissant qu'un camion, son fil de six kilos n'y résisterait pas. Et son moulinet, acheté l'autre jour chez Poussart, à Gien, serait-il assez solide ? Il a pris le moins cher parce qu'il n'avait pas assez d'argent pour s'offrir le beau modèle chromé qu'il convoitait.

Ils suivent un étroit sentier parmi des roseaux plus hauts qu'eux, en tenant dressées leurs cannes à pêche pour qu'elles ne se prennent pas dans les tiges dures et rugueuses. Ils arrivent à une petite plage circulaire, isolée du reste du monde. Un aulne planté au bord du fleuve laisse passer le courant entre des racines étalées à la surface de la terre.

— Ici ! dit Geordeaux.

Il scrute le fleuve qui fait une anse d'eau calme, bordée en amont de nénuphars et en aval d'un arbre mort renversé dans un courant rapide, puis il pose sa musette et prépare ses appâts. Dans du papier journal, il prend une pomme de terre cuite, la pèle de la pointe de son couteau, perce un trou au milieu avec une allumette, y fait passer le fil. Arthur ne perd rien de l'opération, regarde la manière de serrer le nœud dans l'œillet de l'hameçon à trois branches.

Ensuite, le nain vérifie que le gros plomb coulisse sur le Nylon puis vise un point de la surface, loin du bord. D'un geste ample mais sans brutalité, il lance la ligne qui siffle dans l'air et tombe à une trentaine de mètres de la berge. Geordeaux pose sa canne sur des fourches en bois plantées dans le sol.

— À toi !

Sans perdre de l'œil sa propre canne, il regarde Arthur dévider le fil de son moulinet tout neuf, fixer l'appât et lancer. Le garçon a tellement répété ces gestes dans sa tête qu'il les réussit à la perfection. Geordeaux lui adresse un regard satisfait.

Le silence qui s'installe entre eux est celui de l'attente, de la pêche, du fil invisible qui relie ceux de la berge aux mystères de l'onde, la volonté des hommes au bon vouloir des poissons. Tout participe à ce temps suspendu, le soleil qui s'est immobilisé dans le ciel, les oiseaux qui ne chantent que de loin, le vent qui apporte des odeurs de verdure. Geordeaux s'est assis à côté de sa canne, prêt à se détendre comme un ressort. Arthur regarde son fil qui plonge dans l'eau sombre, le bout du scion dont une brusque secousse indiquerait la touche, mais aussi et surtout celui de Geordeaux, car il sait bien que c'est lui qui prendra la première carpe. Il a eu beau reproduire exactement ses gestes, fixer comme lui sa pomme de terre sur l'hameçon, un détail infime suffit ; et ce détail, celui de l'expérience, lui manque encore.

Il ne s'est pas trompé. Au bout d'une dizaine de minutes, peut-être plus – car le temps de la pêche n'est pas celui de la vie ordinaire, il coule parfois très vite ou s'arrête, dressé comme un mur en face du pêcheur qui se demande alors ce qu'il fait là –, le bruit strident du moulinet retentit. Geordeaux se dresse d'un bond, prend la canne à pleines mains, ferre dans un mouvement ample. Arthur pousse un cri pour libérer la pression intérieure qui le maintenait immobile, figé dans l'attente.

— Ta ligne, n' d' Diou ! hurle Geordeaux en

suivant des yeux le fil tendu à se rompre qui vibre en fendant l'eau.

Arthur mouline aussi vite qu'il peut, puis s'éloigne du bord pour ne pas gêner le nain, arc-bouté par l'effort. Il n'est pas jaloux, il profite pleinement de la capture, et même mieux que s'il tenait la canne. Geordeaux court sur la berge, jusqu'aux roseaux, en contrant la fuite du poisson qui revient dans l'eau calme où il décrit des cercles obstinés.

— Pas une carpe ! dit-il en tournant vers Arthur sa face barbue et ses yeux bleus pleins de doute.

Le poisson tente plusieurs départs vers le courant, mais ses forces déclinent, ce qui étonne Geordeaux.

— Pas une carpe ! répète-t-il.

Enfin, un énorme remous au milieu de l'anse indique que la bête a quitté le fond. Tout à coup, elle surgit à la surface. Arthur voit sa gueule monstrueuse, son corps serpentiforme.

— Un chat ! s'écrie Geordeaux.

C'est bien un silure, avec son énorme tête plate et ses longues moustaches. Vaincu, épuisé par un combat contre lequel il ne pouvait opposer que son poids, le long animal se laisse glisser jusqu'au bord. Geordeaux lui passe la main sous la mâchoire inférieure, assure sa prise et tire le poisson sur la berge.

— Saloperie !

Il ne s'est pas habitué à ces espèces venues d'ailleurs qui prolifèrent depuis que le fleuve est réchauffé par les centrales nucléaires. Il est déçu.

— Sale bête !

Ils repartent, longent la Loire vers l'amont. Geordeaux a attaché son silure à une corde et le tire comme un morceau de bois. Arthur marche derrière, déçu lui aussi, car il trouve le poisson très laid. Son corps en lame, sa tête large et trapue, ses longues moustaches lui confèrent une monstruosité significative du mal dont souffre la Loire. Ils remontent vers le château. Arthur n'a pas envie de rentrer chez lui, de retrouver sa mère, sa sœur et les soucis. Égoïstement, il veut profiter de cette nouvelle matinée radieuse, peut-être la dernière.

Geordeaux s'est éloigné. Arthur décide d'aller capturer quelques ablettes, près du vieux saule, là où elles s'approchent de la berge, puis il ira tenter le gros brochet de l'arbre mort. Il est presque certain d'avoir eu une touche, l'autre matin. Son poisson appât était tailladé de coups de dents...

En chemin, il comprend qu'il n'a pas envie de pêcher, qu'il cherche seulement à se donner une occupation pour ne pas penser à ce qui le tracasse. Manon, montée sur Capucin, longe la berge. Elle aussi fuit le Chaumont et ses adultes. Près du saule étêté, elle pousse un cri strident. Capucin s'ébroue et recule de quelques pas, comme s'il avait peur. Manon se tourne vers son frère et pousse un autre cri.

— Mais qu'est-ce qui se passe ? demande Arthur.
— Dans l'eau, regarde...
— Mais quoi ?
— Un homme !

Il s'approche de la berge et voit un corps, de

dos, qui flotte dans le tourbillon des flots. Il reste un instant incrédule, puis, jetant sa canne, part en courant vers les maisons.

Dix minutes plus tard, Albin Laurrière, Baptiste et les ouvriers arrivent et découvrent l'homme immobile dans le courant, qui bute contre la berge.

— Il n'est peut-être pas mort. Faut le sortir tout de suite.

Baptiste et deux employés descendent le long du tertre en faisant rouler la terre noire dans l'eau. Ils réussissent à saisir le noyé et le hissent sur la berge.

— Maçon, dit Albin Laurrière. Robert Maçon, le neveu de Margot !

Puis il se tait, le regard perdu au loin. Un souvenir qui le hante depuis quarante ans occulte la réalité et lui bloque la respiration.

Quelques instants plus tard, les gendarmes constatent que Robert Maçon a reçu plusieurs coups sur la tête avant d'être poussé dans la Loire.

Aussitôt avertie, la juge Stéphanie Masseret, en poste à Orléans, arrive sur les lieux. Elle ordonne que la victime soit transportée au laboratoire de médecine légale et que toutes les investigations soient faites pour déterminer exactement l'heure et les circonstances de la mort.

Au Chaumont, tout le monde est sous le choc. Les employés ne parlent que de ça. Seul Albin Laurrière semble s'en désintéresser et reste concentré sur le travail, répète les habituelles recommandations pour bien montrer que rien n'a changé, que la vie continue comme avant, et que le noyé de la Loire n'a rien à voir avec le domaine.

Baptiste gare sa voiture sous le tilleul, en retrait de la maison neuve. À cet endroit, son véhicule reste à l'ombre une grande partie de l'après-midi. En fermant la portière, son regard s'attarde, comme il le fait chaque fois, sur les fenêtres de Fabienne ; aujourd'hui, il éprouve le besoin de partager son émotion, d'exprimer ses interrogations.

Fabienne sort, comme si elle l'avait guetté, mais mime la surprise. Le sourire résigné de Baptiste en cet instant d'abandon la rassure.

— Quelle histoire ! fait le jeune homme. Maçon noyé dans la Loire ! C'était un horrible bonhomme, mais de là à le frapper avant de le pousser dans l'eau...

Baptiste s'éponge le front et lève les yeux vers la

grande maison. La tête blanche de Line se dresse à la fenêtre ouverte. Que s'imagine-t-elle en voyant cet homme et cette femme l'un près de l'autre, bavardant à voix basse ? Line a un cœur en or et cherche toujours à tempérer les prises de position d'Albin, mais son immobilité forcée lui fait soupçonner l'extraordinaire dans les comportements simples, le scandale caché sous les gestes habituels. La découverte de Maçon, noyé sous ses fenêtres, ne fait que la plonger un peu plus dans cet imaginaire qui ne s'éloigne de la réalité que pour mieux la transformer.

— C'est la fin d'un temps, reprend Baptiste. Fabienne, si vous avez besoin de moi...

La jeune femme fronce les sourcils, fait mine de ne pas comprendre pour dresser une barrière qu'elle sait bien fragile.

— Préoccupe-toi de ton avenir, Baptiste ! Moi, je me débrouillerai. Je vais retrouver Clément. Nous allons quitter le Chaumont pour vivre de notre côté.

— Clément ? Vous vous accrochez à une branche pourrie. Cela fait bien longtemps qu'il n'a plus besoin de vous !

— Baptiste, qu'est-ce qui te prend ? Pourquoi parles-tu ainsi, toi d'ordinaire si modéré ? Tu dis n'importe quoi !

Il fait de nouveau un pas vers la jeune femme, jette un coup d'œil vers Line à sa fenêtre, puis plonge ses yeux gris dans ceux de Fabienne.

— Non, il a la maladie du jeu, la pire de toutes ! J'avais un oncle qui jouait. Lui, c'était les quilles. On dit que c'est pire que les cartes ! Après de grosses pertes, il avait promis à sa femme de ne plus jamais jouer. Et il n'a pas pu s'empêcher de recommencer. Tout son domaine y est passé !

— Mais tu n'y peux rien. Alors, laisse-moi me débrouiller.

— Si, je peux. Je suis fort et jeune.

Le soir, Arthur et Manon trouvent leur mère assise sur le canapé. Manon se précipite auprès d'elle, Arthur s'éloigne en bougonnant. Comme la nuit tombe, Fabienne prend une douche pour éliminer la crasse de la journée, mais aussi pour se nettoyer des paroles qui l'ont salie. Ensuite, en robe de chambre, elle passe dans la cuisine préparer le dîner. Manon et Arthur l'entourent de prévenances au point qu'elle finit par leur demander d'aller regarder la télévision en attendant que le repas soit prêt. Leur sollicitude la plonge dans un intolérable sentiment d'infériorité. Les événements s'accrochent à elle comme des ronces avec leurs épines, l'emprisonnent.

Pendant le dîner, elle se force à sourire. Pour chasser leur angoisse, Arthur et Manon racontent n'importe quoi, mais l'image du noyé, son visage, la bouche ouverte, les yeux exorbités, ne les quitte pas.

— Tu as des nouvelles de papa ?

La question est tombée comme un couperet. Il n'y a que Manon pour aborder de front les sujets que tout le monde évite ! Arthur pince sa sœur qui, calmement, ajoute :

— Je l'ai appelé trois fois, je lui ai laissé des

**111**

messages et il ne m'a pas répondu. Je ne l'appellerai plus jamais !

— C'est qu'il n'a pas eu le temps ! tempère Fabienne.

— Non, c'est qu'il ne veut pas me parler ! rétorque Manon en plantant ses yeux dans ceux de sa mère.

— Moi, je l'ai eu, insiste Fabienne. Il regrette ce qu'il a fait.

— Et alors ? C'est pas une raison pour nous faire la gueule ! lance Manon.

Arthur baisse la tête pour cacher sa grimace. Son père regrette ce qu'il a fait comme un élève du cours moyen qui a copié sur son voisin. Cela le contrarie : un père ne doit rien regretter, sinon, ce n'est pas un père, une force sur laquelle tout le monde peut compter. Il serre les poings avec l'envie de frapper.

— On va déménager du Chaumont. Papa viendra habiter avec nous à Orléans, poursuit Fabienne.

— Et pour l'école ? demande Manon d'une voix sèche, mais, en réalité, elle pense à Capucin.

— On s'arrangera. On trouvera un collège à Orléans puisque tu vas entrer en sixième. Tu seras dans le même établissement que ton frère.

Les deux enfants débarrassent la table sans un mot, trop préoccupés par ce qu'ils viennent d'entendre. Partir ! Est-ce possible ? Jusque-là ils en avaient parlé parce qu'ils n'y croyaient pas, pour conjurer le mauvais sort. Ce soir, ils se trouvent confrontés à une impossible réalité.

Fabienne s'installe devant la télévision sans la

regarder. Mais le bruit, les images qui défilent l'empêchent de penser.

— Demain, je vais à Orléans pour choisir notre appartement. Papa me rejoindra le soir après son travail.

— Ça veut dire que...

Arthur ne va pas au bout de sa phrase. Manon s'est renfrognée. Ses cheveux raides ont roulé devant son visage contracté.

— Tu changeras ce pantalon rouge, il est tout sale, lui dit Fabienne.

— Non ! fait sèchement la petite fille.

Le lendemain, de bonne heure, Fabienne passe voir sa mère, mais son impatience de trouver un autre lieu de vie la coupe des autres, aussi ne s'attarde-t-elle pas.

Elle se rend dans une agence immobilière. Après quelques visites, elle retient l'appartement le moins cher, signe les contrats, verse des arrhes et fait les démarches pour ouvrir les compteurs d'électricité et d'eau. En attendant que les lieux soient disponibles, et comme elle semble pressée, l'agence propose de lui prêter pour une semaine un studio meublé assez grand et confortable, dans le sud de la ville, rue de la Source.

Elle accepte et se retrouve seule dans ces murs provisoires avec une petite valise préparée discrètement la veille. Elle fait le lit, range quelques vêtements dans le placard, installe quelques affaires dans la salle de bains, puis se maquille avec soin. Clément lui a donné rendez-vous sur la place de la Cathédrale vers dix-sept heures ; une nouvelle vie va commencer pour eux, loin du Chaumont et de ses menaces. Fabienne sait qu'elle a la force de soutenir son mari, de l'aider à se sortir de ses mauvaises habitudes. L'amour peut ramener à la raison un égaré pour qui le jeu est un suicide.

Seize heures trente sonnent à la cathédrale. Fabienne gare sa voiture dans une petite rue. Elle éprouve une fois de plus le besoin de marcher dans la ville de son enfance, de retrouver des souvenirs, pas forcément heureux mais qui lui ressemblent et la recadrent dans son destin. Enfin, le cœur serré, un mal au ventre aigu, elle se dirige vers la place de la Cathédrale, se poste en retrait pour voir arriver Clément afin de lui voler cette première image qui n'appartiendra qu'à lui.

Le voilà. Jusqu'au dernier instant, la jeune femme a redouté qu'il ne vienne pas, qu'il se défile une fois de plus. Mais non, il avance vers elle. Elle se précipite.

— Mon chéri ! Comme je suis contente !

Il ne bronche pas. Trop de choses se bousculent dans sa tête.

— Viens ! fait Fabienne en lui prenant la main. Ma voiture est au parking. On reviendra chercher la tienne plus tard. On me prête un petit studio meublé pour nous deux en attendant notre appartement qui sera libre à la fin de la semaine prochaine. Ce soir, je t'emmène au restaurant !

— On a du nouveau sur la noyade de Mâcon ?

— Non. Les gendarmes ont tourné pendant deux jours autour du Chaumont, sur les bords de Loire, et ont entendu longuement tante Margot, mais on n'a rien de neuf.

— Maçon avait des droits sur les biens du vieux comte, le beau-père de tante Margot.

— On dit qu'il a tué un chien de Geordeaux. Et puis on s'en fout ! conclut Fabienne en prenant la main inerte de Clément.

— Non, on s'en fout pas. C'est parce que j'ai perdu le Chaumont que Maçon a été assassiné, pour qu'il ne fasse pas valoir ses droits sur le château. Mon père voulait l'acheter mais c'est à Margot que le comte l'a donné. Et puis il y a l'histoire d'une de ses servantes, une certaine Marie Dormeaux, disparue mystérieusement avec ses bijoux, qui était la maîtresse de mon père... Quand j'étais petit, on en parlait encore, surtout les vieux domestiques. Depuis, ils ont pris leur retraite et ils se taisent, mais personne n'a oublié.

Fabienne se plante devant Clément, qui garde les yeux baissés.

— Pourquoi me dis-tu ça ?

— Parce que mon père n'est pas homme à se laisser dépouiller sans se défendre.

— Parlons d'autre chose. Cette soirée est à nous, oublions les sordides histoires du Chaumont.

Clément s'arrête sur le trottoir, le regard perdu dans la foule des passants.

— Et les enfants ? Manon, Arthur ?

— Ne t'en fais pas pour eux ! Ta mère s'en occupe. Ils vont nous rejoindre quand nous serons installés. J'ai réservé un appartement, on le visitera ensemble demain, et s'il ne te plaît pas on en cherchera un autre. Nous serons tous les quatre, c'est ce qui compte !

Elle a bien conscience de tenter d'élever de nouvelles barrières contre le vide. Près d'elle, Clément est absent, absorbé par des pensées qu'il ne peut pas partager, un monde où elle n'existe pas.

— Maçon est mort par ma faute, poursuit-il. Quand il a su que le Chaumont allait être vendu, il est revenu à la charge. Il a sans doute eu peur que Margot, malgré sa haine pour mon père, ne vienne à mon secours pour que les Laurrière échappent au déshonneur. Cela réduit considérablement le nombre des suspects.

— À qui penses-tu ? demande Fabienne d'une voix enrouée.

— Il n'y a qu'une seule personne capable d'un tel acte !

Ils s'installent dans la voiture surchauffée. La ventilation fait un bruit assourdissant. Le mutisme de Clément est de plus en plus pesant, Fabienne cherche ses mots pour le rompre.

— Arthur passe ses journées à la pêche ! Il fuit la réalité. Quant à Manon, elle m'exaspère avec ses pantalons rouges moulants.

Ils arrivent. Par chance, Fabienne trouve une place devant l'entrée de l'immeuble. Ils montent dans le studio et, de la porte, Clément regarde les murs, l'étroitesse de la pièce unique. Fabienne fait semblant de ne pas s'apercevoir de sa surprise.

— Prépare-toi. Nous allons dîner à Olivet, dans un bon restaurant. J'ai envie de faire la fête !

Clément est obsédé par la mort du neveu de Margot. Ses soupçons sont devenus une certitude :

le meurtrier avait pour but d'empêcher Maçon de faire valoir ses droits immédiats sur le château de Margot aussi bien que sur l'hypothétique trésor du vieux comte.

Tout cela le ramène à ses catastrophiques parties de poker. Il se sait coupable et pourtant prêt à recommencer à la première occasion. Il a repoussé la chance quand elle se présentait car, inconsciemment, il désirait perdre pour se libérer. « Mais si c'était à refaire, pense-t-il, je gagnerais. Maintenant, je regarde les choses avec lucidité. »

Fabienne se prépare devant la glace. Sa robe décolletée met en valeur son magnifique collier de mariage, constitué de plusieurs diamants de belle taille. C'est Margot qui lui avait offert cette miette de la fortune de son beau-père, comme elle disait, pour rendre jaloux Albin. Clément semble ne pas l'avoir vu.

Ils vont au restaurant, mais Clément est ailleurs. Fabienne parle de tout et de rien, lui ne l'écoute pas.

— Demain, on ira visiter l'appartement et on réfléchira sur la manière de le meubler. J'ai envie de meubles modernes, pour changer complètement !

Cette fois il a entendu.

— Avec quoi va-t-on les payer ?

— Je peux demander une avance sur mon salaire et puis j'ai mon épargne logement, tu sais, les deux cents euros que je mettais de côté chaque mois. Cela fait désormais une belle petite somme qui va bien nous aider !

Le regard de Clément s'est allumé, un pli s'est formé au coin de ses lèvres. Fabienne regrette tout à coup d'avoir parlé de cet argent.

Ils rentrent vers onze heures. Clément reste sombre, lointain, inaccessible. Une fois au lit, Fabienne se serre contre lui, mais il la repousse. L'envie du jeu l'habite. Il rêve d'une revanche qui remettrait tout le monde à sa place. Il n'appartient plus qu'à ses démons.

— Qu'est-ce qui ne va pas, mon chéri ? Détends-toi, je te jure que tout va s'arranger.

Elle fait mine de réfléchir un instant, mais la phrase qu'elle prononce est prête depuis longtemps.

— Au fond, c'est une bonne chose pour nous que le Chaumont se vende. Il nous empêchait de vivre !

— Qu'est-ce que tu racontes ? s'exclame Clément en s'assoyant au bord du lit.

Il allume la lampe de chevet, prend le magnifique collier que Fabienne a posé sur la table de nuit et l'observe à la lumière.

— Tu sais que ça vaut bien cent mille euros ! Je n'avais jamais remarqué que les diamants étaient si gros !

— J'y tiens beaucoup, tu sais !

Clément ne relève pas. Il passe dans la salle de bains où Fabienne l'entend se brosser les dents. Quand il revient dans l'unique pièce, il est habillé.

— Mais qu'est-ce qui te prend ? Où vas-tu ?

Sans répondre, Clément fourre le collier dans la poche de sa veste. Fabienne saute du lit.

— Clément ! Qu'est-ce que tu fais ? Je ne veux pas !

Il sort. Fabienne se laisse tomber de tout son poids sur le tapis et reste ainsi, inerte, la tête enfouie dans ses bras. Cette fois, elle a définitivement perdu.

Clément s'échappe, dévale l'escalier, fuit ce qu'il ne saurait nommer mais qui hérisse en lui des pelotes d'épines. La force profonde qui le pousse l'empêche de se haïr. Il ne s'appartient plus. Le combat avec les cartes l'appelle. L'excitation extrême, la drogue de l'incertitude, de l'aventure, le besoin d'être un autre, de sortir de sa carapace font de lui un dément. Jusque-là il a dormi, il s'est rebellé en minable. L'heure de vérité, qu'il désire et redoute, est enfin arrivée.

Il marche dans les rues désertes d'Orléans. Il a pris sa veste et, pourtant, la fraîcheur humide de la nuit le fait frémir. Près de la Loire se dressent les frontons de luxueuses maisons. Les lampadaires impriment de longues plaques mouvantes de lumière dorée sur la surface du fleuve, qui dort avec un bruit aérien et lointain. Pas un cri de canard, pas un saut de poisson ; l'eau et les berges, les maisons, les rues sont figées dans une immobilité qui arrête le fugitif. En face de lui, le pont, pilonné de lampadaires, enjambe le courant.

Il touche du bout des doigts le collier de

Fabienne, le sort de sa poche, le contemple un instant. Comment a-t-il osé ? Mais le temps des remords n'est pas encore arrivé ; ce serait refuser l'aventure qu'il a imaginée dès qu'il a vu le bijou. Pendant le repas, il n'a pensé qu'à ça, aux gestes, aux attitudes à mimer avec naturel, aux manières de faire céder les adversaires, de vaincre enfin et de remonter la pente, avec cette chute due à son inexpérience.

Il regarde sa montre : une heure du matin. Les bars où l'on joue au poker ne manquent pas à Orléans, mais c'est à Paris qu'il veut prendre sa revanche, dans la salle où il a perdu. Pour l'instant, il doit trouver un endroit où dormir un peu plus confortablement que dans sa voiture.

Il se rend dans l'un de ces hôtels où l'on paie avec sa carte de crédit et où l'on rejoint sa chambre sans rencontrer personne. Dans la minuscule pièce, il ne réussit pas à trouver le sommeil. Il se lève avec le jour, prend une douche pour se dégourdir les membres. Deux heures plus tard, il est à Paris ; il prend son petit déjeuner au buffet de la gare d'Austerlitz puis se rend en métro au mont-de-piété pour gager le collier, car il a bien l'intention de le racheter, de le rendre à sa propriétaire. Le spécialiste qui l'examine exprime son admiration.

— Une magnifique pièce ! Avec des diamants d'une qualité qu'on ne voit pas souvent. Et une taille très ancienne, qui augmente considérablement leur valeur.

Clément repart avec cent mille euros en poche,

de quoi prendre sa revanche. Son téléphone sonne, c'est Fabienne ; il le met sur messagerie.

Il passe sa journée à déambuler dans les rues de Paris. N'ayant pas la tête au travail, il a décommandé ses rendez-vous. À midi, il déjeune rapidement dans une brasserie en écoutant les conversations des tables voisines. Le temps ne passe pas, il réécrit cent fois dans sa tête les différents scénarios qui se présenteront ce soir, trouve les parades, et finalement se dit qu'il use son énergie pour rien puisque la réalité est toujours différente des prévisions. Dans l'après-midi, alors que la chaleur brûle les trottoirs, Paris, dans les beaux quartiers, prend un air de vacances. Les touristes déambulent par groupes, s'arrêtent pour la photo au pied de la tour Eiffel. La beauté de la capitale a toujours fasciné Clément, qui aime se promener au hasard des rues, sur les quais. Il refuse de penser à Fabienne, qui ne l'a pas rappelé depuis ce matin, même s'il se sent coupable envers la seule personne qui le soutienne.

Le soir arrive après une éternité d'attente angoissée, l'heure où le pincement au ventre se fait plus fort que jamais. Une douleur vive, aiguë, annonce d'émotions fortes, irradie dans sa poitrine avec une intense douceur. Il ne se dépêche pas, malgré son impatience, passe plusieurs fois devant le bar en se disant qu'il a tout son temps. Son plan est bien établi : pour ne pas tout perdre sur un coup malheureux, il jouera la moitié de la somme dont il dispose la première fois. S'il gagne, il jouera de nouveau la moitié de la somme. S'il gagne encore, il s'abstiendra de miser pendant plusieurs parties, afin d'observer ses adversaires avant de tenter le grand coup, le dernier, celui de la réconciliation avec lui-même. Enfin, il se décide. Dans une première salle, il boit un whisky pour se donner de l'audace, puis passe dans le réduit, au fond, où se trouvent déjà plusieurs groupes de joueurs.

Son mal au ventre lui arrache des grimaces lorsqu'il s'assoit à une table. Il redoute que cette douleur lancinante, qui prend racine dans son angoisse, ne l'empêche de réfléchir et, surtout, de laisser faire son instinct.

Il laisse passer une partie pour observer les joueurs et s'imprégner de l'ambiance. Enfin, poussé par le désir d'en finir au plus vite, il prend ses cartes. Il les déploie en retenant son souffle. La chance est bien là, avec ce carré d'as qu'il n'osait espérer. Au lieu de miser la moitié de la somme comme il l'avait prévu, il l'engage tout entière. Le moment de se découvrir arrive. Du feu ronge son corps, mais il affiche une grande sérénité, celle des vainqueurs.

Et il gagne ! Cinq fois sa mise ! Le voilà requinqué, il a envie d'éclater de rire mais, vite, il se referme, conscient que le moindre faux pas peut lui être fatal. La victoire finale n'appartient qu'aux vrais guerriers, qu'à ceux qui ne se grisent pas à l'issue de la première bataille. Il pourrait partir, sortir dans la rue avec un million deux cent mille euros, de quoi rembourser la moitié de sa dette et retrouver les siens, mais cela ne se peut pas. Il partirait avec un tel regret que sa victoire aurait le goût de la défaite. Ce soir, il est en veine et il doit en profiter. Il est un autre homme, il a des ailes et ne peut s'arrêter en si bon chemin. Il rejoue et se force à ne pas penser à ses gains, qui le déconcentrent. Il gagne encore, le voici avec trois millions d'euros ! Les dettes sont remboursées, le Chaumont revient aux Laurrière, le déshonneur est lavé. Le fils prodigue peut rentrer la tête haute. Mais ce sont là des pensées qui déconcentrent le joueur.

Partir ! Rafler les chèques qui lui reviennent et disparaître serait une erreur ; ses gains lui laissent une marge appréciable. Jamais il n'a été aussi heureux, aussi fort. Jamais il ne s'est senti aussi conquérant.

Fabienne se révolte. Le départ précipité de Clément lui prouve qu'elle a eu tort de croire au bonheur. Quelle personnalité, quelles perversions se cachent derrière cet homme habituellement poli, qui sait mesurer ses propos en toutes circonstances ? Quand il lui a avoué qu'il jouait au poker pour chasser l'ennui des longues soirées à l'hôtel, elle ne s'est pas affolée, elle a accepté ses pertes, toujours petites, même si elles amputaient leur budget commun. Elle n'avait pas imaginé que ce passe-temps ordinaire deviendrait une passion, un gouffre, une drogue dure contre laquelle il n'y aurait aucune parade.

Au lever du jour, Fabienne sombre quelques instants dans un lourd sommeil. Lorsqu'elle se réveille, elle a la tête en feu, s'habille rapidement, sort, se dirige vers le quartier qu'elle connaît le mieux, celui de son enfance et des longs après-midi d'ennui de son adolescence. Le soleil brille, elle ne le voit pas.

La jeune femme sait qu'elle doit s'accrocher. Le jeu pousse Clément sur des chemins sans issue, il l'a fuie et pourtant il n'a jamais eu autant besoin d'elle. Les silhouettes d'Arthur, plein de bons sentiments, de Manon, garçon manqué en pantalon rouge moulant, lui soufflent que l'heure est venue de se battre, de vaincre sa rivale, de la balayer par une volonté supérieure, celle d'une mère et d'une femme qui veut sauver son couple sans lequel elle n'existe pas.

Elle hésite à aller demander conseil à sa mère. Pourtant, la force de l'habitude la conduit vers l'immeuble cossu. Elle sonne à l'interphone. Georgina lui répond de sa voix un peu rayée par les crachotements de l'appareil et lui ouvre la porte. Fabienne grimpe lentement l'escalier jusqu'au premier étage. Sa mère est à la porte, vêtue de sa longue robe de chambre bleue ; ses cheveux blancs forment de lourdes anglaises autour de sa tête.

— Eh bien quoi ? Que se passe-t-il ?

Fabienne craque. Dans l'appartement de son enfance, la peine prend le dessus et elle éclate en sanglots dans les bras de sa mère comme une petite fille. Celle-ci n'a rien perdu de sa détermination, de sa forte personnalité à côté de laquelle Fabienne se sent toujours inférieure.

— Je savais que tout cela arriverait ! dit-elle. Mais tu es encore assez jeune pour rectifier ta route.

— Non, c'est impossible. Clément a besoin de moi !

— Voilà que tu le plains ! Que tu es prête à t'accuser ! Tu veux être malheureuse ? Eh bien, continue donc de te sacrifier !

— Et Arthur ? Et Manon ? La famille forme un tout indissociable. Tu ne peux pas le comprendre, mais c'est ainsi !

— De quoi parles-tu ? Tes enfants ? Ne te fais pas de souci pour eux ! Ils ont l'égocentrisme des Laurrière !

— Ne parle pas comme ça ! lance Fabienne en se dressant face à sa mère.

— Et puis ce noyé ? Tu crois que les Laurrière n'y sont pour rien ? Les gens parlent, les journalistes écrivent des choses...

— Tais-toi !

— Certaines vérités font peur, mais il faut savoir les entendre pour mieux les affronter ! réplique Georgina en passant dans la cuisine. Je vais préparer le petit déjeuner, c'est ce qui reste de mieux à faire à cette heure.

Depuis que Fabienne est partie, qu'elle a rangé sa petite valise dans le coffre de sa voiture, Arthur et Manon sont en peine d'eux-mêmes. Arthur descend jusqu'à la Loire, pêche d'abord les ablettes parce que c'est le plus facile, puis, comme il n'arrive pas à fixer son attention et qu'il se fait voler sa mouche une fois sur deux, pêche le brochet au poisson mort. Mais tous les brochets de la Loire doivent faire la sieste, et, au bout d'une heure d'efforts, ses gestes deviennent moins précis, moins décidés. Il remonte à la ferme, tue le temps en allant voir d'abord sa grand-mère, qui lui demande ce qu'il veut manger pour le dîner, et lui parle des livres qu'il devrait lire pendant les vacances pour aborder la classe de quatrième dans de bonnes conditions. Arthur n'a pas envie de lire par un aussi beau temps, même s'il n'a rien d'autre à faire. Il sort dans la cour ; le soleil est brûlant. À l'horizon, de hauts nuages, comme des cheminées blanches, montent à l'assaut du ciel bleu. Un orage se forme, son échec à la pêche vient de là, et de la grosse boule de peine qui se niche en lui.

Il court chez sa tante Margot. Depuis toujours, la vieille ivrognesse a un faible pour lui et le gave de bonbons à chacune de ses visites. Il la trouve dans son potager. Geordeaux fait le plus gros du travail, mais Margot aime cette activité qui laisse son esprit libre de jouir du chant d'un oiseau, de l'image du fleuve paisible qui a reflété son enfance et sa jeunesse. À l'arrivée d'Arthur, elle se dresse, pousse les mèches de ses cheveux blancs qui se sont échappées du chapeau de paille. Le garçon l'embrasse machinalement.

— Maman est partie hier rejoindre papa ! annonce-t-il en s'assoyant dans l'allée de terre. On va quitter le Chaumont.

— C'est bien que tes parents s'en aillent ailleurs et que tu voies autre chose que la Loire et la forêt ! Le monde est grand et tu ne peux pas vivre toujours comme un enfant sauvage !

Une multitude d'insectes courent sur la terre surchauffée parmi les rangs de légumes, traversent l'allée pour aller se dissimuler entre les mottes de terre. Arthur observe un instant des fourmis qui transportent le cadavre séché d'un ver de terre semblable à un copeau brun. Avec sa tante, l'enfant sait qu'il peut raconter ce qui lui passe par la tête. Margot ne juge pas, ne gronde pas, elle se contente de donner des conseils. Mais il constate qu'il n'a rien de particulier à lui dire et s'éloigne. Les grenouilles, dans l'anse du fleuve derrière le château, font un vacarme assourdissant, il va trouver là de quoi améliorer la cuisine de grand-maman. Bien sûr, pour les tuer, il faut leur fracasser la tête contre une pierre, leur couper l'arrière-train au risque de voir la grenouille amputée tenter de s'échapper sur ses pattes avant. Manon va encore se mettre en colère et le menacer. Arthur s'en moque, tout le monde sait que les hommes ont pu évoluer parce qu'ils étaient des chasseurs et des pêcheurs. Pendant des millénaires, les ancêtres des donneurs de leçons ne se sont pas préoccupés des souffrances infligées à leurs proies. D'ailleurs, les guépards, les ours des cavernes, les tigres à dents de sabre faisaient de même quand ils réussissaient à capturer l'un d'eux...

Arthur passe prendre sa canne à pêche et va voler un peu de fil rouge dans la trousse à couture de sa mère. Il en fait une pelote qu'il fixe au bout de sa ligne. Son sac de jute, muni de cordons pour le porter autour du cou, est à sa place, plié sur son panier de pêche. C'est simple et tellement efficace.

Arrivé à la barrière de roseaux, le garçon se faufile entre les tiges qui bruissent. Le vieux Médard, de Morel, lui a appris la technique. Il l'a parfaitement assimilée, mais il n'arrive pas encore à imiter le chant des grenouilles, ce qui limite ses captures.

Au bord de l'anse qui n'est plus qu'une mare coupée du fleuve par un cordon de cailloux clairs, le garçon observe les batraciens sur les feuilles des nénuphars, leurs gros yeux dorés, leur robe d'un vert intense tacheté de marbrures sombres. Alors, il oublie ses soucis, le départ du Chaumont, le cadavre de Maçon. Il pêche, il entre dans le manège de la vie, le reste n'a plus d'importance.

La pelote rouge s'agite devant une grenouille qui la saisit au vol. Point de ferrage sec comme après la touche d'un poisson ; au contraire, Arthur relève sa canne sans le moindre à-coup. Pendue au bout du fil, la grenouille agite ses longues pattes et tombe dans le sac ouvert aux pieds d'Arthur.

— Qu'est-ce que tu fais encore ?

Il se tourne. Manon, montée sur Capucin, le domine. Sa silhouette se découpe dans la clarté du ciel, son visage rond, ses épaules.

— Tu crois qu'il n'y a rien de mieux à faire ? tonne la fillette sans bouger de son perchoir.

— Je pêche des grenouilles parce que je n'aime pas les raviolis de grand-maman.

— T'es vraiment un nul !

— Tu parles comme ça parce que tu es sur ton monstre. Par terre, tu fais moins ta maligne !

— N'empêche que le monstre m'obéit ! Tu peux pas en dire autant !

Arthur ne veut pas perdre la face. Et de toute manière, si Capucin en impose par sa taille, c'est un cheval sans caractère.

— Il faut toujours que tu fasses ton intéressante, que tu donnes des leçons aux autres ! Ton Capucin, c'est une chiffe molle, voilà ce que c'est ! N'importe qui peut lui monter sur le dos !

Manon se laisse glisser au sol et se plante devant son lourdaud de frère. La tache rouge de son pantalon sur le vert des roseaux défie le pêcheur, qui ne peut plus reculer.

— Eh ben, monte alors ! Qu'est-ce que tu attends ?

Arthur pose son sac. La grenouille captive en profite pour se libérer et sauter jusqu'à l'eau où elle disparaît. Le garçon s'approche du cheval qui le regarde avec de gros yeux sans expression.

— Capucin, baisse-toi !

Manon s'est plantée sur le côté, entre les roseaux. Une mouette piaille sur la bande claire de cailloux entre la mare et la Loire.

— Baisse-toi, je te dis !

Le cheval s'accroupit au milieu des tiges vertes. Arthur tourne vers Manon un regard triomphant.

— Qu'est-ce que je te disais ?

La petite fille ne bronche pas. D'un geste rapide, elle repousse ses cheveux raides de devant ses yeux. Arthur prend la crinière à pleines mains et se hisse sur le dos de l'animal impassible. Quand il frappe l'encolure du plat de la main, Capucin se met sur ses jambes. Arthur est surpris par la hauteur, mais il tient bon, sous le regard incrédule de sa sœur.

Le cheval fait quelques pas. Arthur savoure sa victoire quand l'animal, comme piqué par un taon, part au grand galop à travers les roseaux, faisant voler la terre autour de lui. Arthur pousse un cri et se cramponne à la crinière. Brinquebalé dans tous les sens, il ne peut s'opposer à la course de l'animal qui rue des quatre fers avant de s'arrêter net. Projeté vers l'avant, Arthur tombe dans la vase. Manon éclate d'un grand rire.

— Tu vois que Capucin n'obéit pas à tout le monde !

Rouge de colère, le garçon se jette sur sa sœur qu'il martèle de coups de poing et de coups de pied. Manon réussit à se dégager et s'enfuit en courant. Arthur ne la poursuit pas. Les grenouilles chantent de nouveau mais il ne les entend pas. Il mangera les raviolis de grand-maman, repas de vaincu, mais Manon paiera à la première occasion.

— Qu'est-ce que je vais recevoir ! dit-il en constatant que sa chemisette et son bermuda sont entièrement couverts de boue.

Le soir, les enfants dînent chez leurs grands-parents. Albin ne desserre pas les dents et Arthur garde le nez dans son assiette. Manon éprouve le besoin de parler pour échapper à cette lourdeur ; elle pose des questions sur le potager, les légumes, les blés et les pommes. Line lui répond à la place d'Albin, qui se tait toujours.

À la fin du repas, Arthur et Manon demandent la permission d'aller dormir chez eux. Line estime qu'ils sont assez grands pour cela et leur fait de multiples recommandations avant de les laisser partir.

Mais ils ne profitent pas de leur liberté. Eux qui n'arrivent pas à rentrer chez eux les soirs d'été, regagnent leurs chambres respectives sans échanger un mot.

Vers onze heures, Manon entend du bruit sous sa fenêtre. Elle sursaute, se lève pour alerter son frère quand une voix la rassure.

— Nonon !

Une seule personne peut l'appeler ainsi. Elle pousse les volets ; les yeux des trois chiens luisent dans la pénombre, la silhouette sombre de Geordeaux lui fait des signes. Elle s'habille rapidement, saute dans le parterre de fleurs. Un éclair l'aveugle puis le grondement lointain du tonnerre roule sur la campagne.

— Viens ! dit Geordeaux.

Ils partent sur le sentier, les chiens devant, mais, depuis que Prince n'est plus là pour les guider, Geordeaux doit se méfier et émet à tout instant des petits sifflements, des claquements de doigts qui les rappellent à l'ordre. Quand ils arrivent au bord de la forêt, Geordeaux s'arrête.

— Et Arthur ? demande Manon.

Un nouvel éclair illumine la campagne. Manon voit Geordeaux qui secoue négativement sa tête ronde.

— Non !

Ils reprennent leur marche entre les touffes sombres des ajoncs et des genêts, les ronces qui serpentent sur le sentier et s'accrochent aux jambes. Arrivé au vieux bâtiment près du lac, Geordeaux siffle brièvement ; ses chiens s'assoient à côté de la porte défoncée. Dans l'écurie, une lueur diffuse révèle aux yeux de la fillette le visage grave du nabot, qui allume une lampe électrique.

— Gendarmes ! dit-il d'une voix saccadée qui cache mal sa peur.

— Et alors ?

— Non ! répète-t-il en secouant la tête.

— Qu'est-ce que tu veux dire ?

— Non !

Il secoue encore la tête, cherche la boîte sous la paille, l'ouvre. Les colliers autour de la poupée scintillent à la lueur jaune de sa lampe. Le visage disgracieux de Geordeaux s'est contracté en une grimace qui laisse voir ses dents plates. Il referme la boîte et s'avance dans l'allée centrale de l'écurie encombrée de poutres tombées du plafond, jusqu'à un réduit pavé. Là, Geordeaux soulève une dalle humide bosselée qui découvre un trou.

— Ici ! dit-il. Cachée !

Ils sortent. L'orage se rapproche. Les grondements du tonnerre n'en finissent pas. Le ciel d'encre ne laisse filtrer aucune lumière. Les éclairs heurtent la surface de l'eau qu'ils illuminent. Des fumerolles claires se détachent de la nuit. Arrivée d'un sentier voisin, sans que les chiens l'aient flairée, la folle des Chênes traverse la clairière, s'avance au bord du lac, légère et transparente, insensible aux éclairs et au bruit du tonnerre.

— Maman ! murmure Geordeaux.

— Qu'est-ce que tu dis ? demande Manon, qui tremble.

— Maman !

La folle s'est arrêtée devant eux, comme une image de cinéma sur l'écran de la nuit. Elle bouge les lèvres et murmure quelque chose. Le tonnerre gronde de nouveau, de grosses gouttes tombent sur les feuilles. Le vent se lève, la femme a disparu, et Manon entend nettement des sanglots dans le bruissement des feuillages, des pleurs si profonds qu'elle a envie de fuir.

— Pauvre maman ! dit encore Geordeaux, insensible à la pluie qui lui mouille le visage.

Enfin, il se tourne vers Manon.

— La boîte ! Jamais le dire ! Jamais !

— Je te le promets !

Elle pense alors au trésor introuvable dans l'immense grenier du château et décide de se confier à son ami.

— On va partir parce que le domaine est en vente. Geordeaux, tu peux m'aider, toi. Je veux pas partir d'ici, tu comprends, je veux rester avec toi !

Le nabot roule ses yeux clairs autour de lui.

— Maçon ! dit Geordeaux.

— Quoi, Maçon ?

— Pas tué Maçon ! dit-il en s'éloignant avec ses chiens.

Manon court jusqu'à la maison sous un déluge d'éclairs et de coups de tonnerre. La porte est fermée de l'intérieur. La fillette tente de passer par la fenêtre, mais le rebord est trop élevé. Elle hésite un instant, transie de froid et de peur, puis court à l'écurie. L'orage a coupé l'électricité. Elle marche à tâtons jusqu'au box de Capucin dont elle sent l'odeur chaude de cuir et de paille sèche. Elle se pelotonne contre sa grosse tête et s'endort, vaincue par la fatigue.

Le lendemain, Arthur donne l'alerte : Manon n'a pas passé la nuit dans la maison. Pendant l'orage, il a voulu aller la rassurer dans sa chambre et elle n'y était pas. Il pleut encore, une pluie fine et froide. Albin Laurrière trouve la petite fille dans l'écurie, endormie contre son cheval. Arthur aurait aimé que sa sœur se fasse gronder, mais personne ne dit rien et cela lui pèse. Dépité, il va faire un tour au bord de la Loire. Le fleuve fume, les poissons doivent être affamés. Il n'a toujours pas la tête à la pêche.

Clément a encore perdu. La chute après l'euphorie. Il quitte la table de jeu vers quatre heures du matin sans saluer personne, vaincu, pressé de fuir le regard de ceux qui l'ont assassiné. Victime détalant devant ses bourreaux. Dehors, le ciel est sombre, quelques gouttes de pluie tombent sur le trottoir où déambulent les derniers noctambules. Le jour n'est pas loin. Malgré la douceur de l'air, Clément a froid. Il voudrait être ailleurs, mais ne sait pas où. Il marche au hasard des rues, la tête pleine de ses erreurs, de sa mise à mort vers laquelle il s'est dirigé sans hésiter. Ainsi le spectre de la défaite le poussait-il vers la dégringolade.

Il marche, le corps agité de frissons. Il a perdu. Ce mot revient dans son esprit avec son carillon d'humiliations. Il fuit cette sensation tenace qu'il a voulu effacer en gageant un collier qui représentait beaucoup plus que de l'argent. Le fils unique d'Albin Laurrière est vaincu. Vaincu dans sa tentative d'échapper à une existence prédestinée, vaincu dans son métier de représentant, choisi pour avoir l'impression d'être libre, vaincu dans son ménage.

Il marche, les mains dans les poches, en pensant à Fabienne et aux enfants. L'énormité de sa faute plombe ses pas et il bute contre sa médiocrité. « Je suis un minable ! » se répète-t-il, et cela lui fait mal devant ceux qu'il a foulés aux pieds pour mieux sombrer.

Des gouttes frappent son front, leur fraîcheur lui fait du bien. Où aller ? Que va-t-il devenir ? Sa vie n'est qu'un échec. Il s'assoit sur un banc et refait mentalement les trois parties qui lui ont coûté ses gains du début, et le collier. Son erreur, une fois de plus, est flagrante. Pourtant il ne s'en rend compte qu'après coup, preuve de son immaturité, de sa faiblesse. Il n'a pas su s'arrêter quand sa concentration commençait à faiblir ; il s'est donné à son impulsion comme Margot se donne au vin malgré les bonnes raisons qu'elle aurait de cesser de boire. Il a glissé sur la pente comme un désespéré, il s'est suicidé, voilà la vérité. Mais pourquoi ? Parce que l'envie du jeu est plus forte que tout ; elle prend ses racines au fond de son être, dans cette région sombre où ne passe jamais la lumière de la conscience, s'y nourrit de sa propre chair pour le détruire lentement, à la manière du plus redoutable des cancers.

Des pigeons roucoulent sur le rebord d'une fenêtre. Le jour se lève, gris dans l'immense avenue malgré les lumières vives des vitrines, des lampadaires, des voitures qui passent, qui vont ailleurs, là où lui, l'attardé sans but, n'ira jamais.

Il fouille dans sa poche à la recherche d'un peu

de monnaie pour aller boire un café, rite indispensable d'une journée qui commence. Maintenant qu'il n'a plus l'espoir de renaître, d'effacer ses dettes, de repartir de zéro, il ne sera jamais plus un homme, mais un raté, un débris. Un vaincu face à ceux qui avaient mis leur confiance en lui, et qu'il continue d'aimer.

Il allume son téléphone, compose le numéro tant de fois composé. Au bout de quelques sonneries, une voix embrumée lui répond.

— C'est fait ! murmure-t-il.

Après un court silence, la voix toujours rauque demande :

— Tu as fait quoi ? Tu ne vas pas me dire que...

— Si, j'ai encore perdu.

— Tu es où ?

— À Paris. Sur un banc public. Place des Vosges.

— Ne bouge pas ! J'arrive !

Fabienne pose son portable sur sa table de nuit, remonte son oreiller derrière ses épaules puis allume la petite lampe de chevet. Le jour s'est levé ; son réveil indique six heures. Elle n'a pratiquement pas dormi de la nuit mais se sent la force d'affronter la folie de Clément, de l'aider à guérir.

Elle passe rapidement dans la salle de bains, se douche en imaginant son mari sur le banc public, comme une de ces épaves que l'on croise désormais dans les grandes villes, ces laissés-pour-compte de la société moderne – lui, un Laurrière ! Elle sort, monte dans sa voiture et démarre. La ville se réveille, les gens se rendent au travail, commencent une journée ordinaire. Fabienne éprouve une certaine griserie à courir au secours de Clément. Il l'a appelée ! Ce qu'elle n'espérait plus s'est produit. Désormais, elle sait ce qu'elle a à faire.

Elle arrive sur l'autoroute vers huit heures. La pluie a cessé, un soleil hésitant passe entre les nuages sombres qui se déchirent. La journée sera encore très chaude. Fabienne roule vers l'inconnu ; elle ressent à son tour ce pincement au ventre qui pousse un joueur à lancer sur la table ses derniers billets, et a envie de crier.

À la porte d'Orléans, elle laisse son véhicule dans le premier parking, prend le métro et s'étonne comme toujours de l'immensité de la capitale, de la majesté de ses rues, de ses immeubles.

Elle cherche Clément sur la place des Vosges puis, ne le trouvant pas, compose son numéro de téléphone. La sonnerie retentit plusieurs fois, sans réponse. Elle marche sur le trottoir, dévisage les passants. La chaleur monte, accablante, lourde sur le béton du trottoir. Fabienne pense à sa mère qui lui conseillait de tourner la page. Pauvre Georgina ! Elle n'a jamais aimé personne et a fait demi-tour chaque fois qu'un obstacle se dressait entre elle et un bonheur durable !

Son appel n'en finit pas de retentir dans la poche de Clément. Midi approche, il ne l'a pas attendue. Pourtant, il lui a téléphoné, un cri de désespoir, de solitude qu'elle a si bien perçu. Que s'est-il passé ?

Elle le rappelle, tout en marchant au hasard d'une rue, quand une silhouette attire son attention devant un kiosque à journaux. Son sang se fige dans ses veines, elle s'arrête, ne sachant plus si elle doit avancer ou fuir. Clément ne l'a pas vue : il lit les titres et le début des articles sur les journaux exposés... Que cherche-t-il dans cette lecture, sinon à se raccrocher à ce monde qui le lâche, qui s'éloigne de lui, qui le laisse tomber dans l'abîme d'où personne ne remonte jamais ?

Il se retourne, l'aperçoit. Fabienne court vers lui, les bras tendus.

— Mon chéri, j'ai eu très peur.

Clément, le visage grave, la repousse.

— Je n'existe plus ! dit-il. L'irréparable est commis !

— Qu'est-ce que tu racontes ? Manon et Arthur t'attendent ! Tu vas me suivre à Orléans ! Nous nous en tirerons très bien : j'ai ma paye, et toi tu as la tienne. Il faut que tu oublies ces mauvais moments !

Clément a un sourire désabusé. Visiter ses clients et se priver des tables de jeu, des cartes, lui demande un effort dont il ne sent pas capable. Il a connu l'extase du gain, la hantise de la perte, la concentration sublime que demande le poker, tout le reste lui semble fade désormais.

— Non, je ne te suivrai pas à Orléans. Je suis indigne de toi !

Fabienne revient à la charge avec l'argument qu'elle pense être le plus fort, le plus déterminant.

— Mais enfin, pense à tes enfants ! Ils n'ont rien demandé, eux, et tu les laisses tomber ! Ils ne vont pas se priver de te juger.

— Mes enfants ont besoin d'un père, pas d'un raté, pas d'un vaincu ! Maintenant laisse-moi tranquille !

Il s'éloigne, les épaules basses, sans but, sans attaches, perdu dans une grande ville où la solitude est pire que sur une île déserte. Fabienne hésite un instant puis le rattrape. Son visage a blêmi.

— Tu vas arrêter de faire l'idiot ! Un gosse, on lui flanquerait une fessée et tout serait dit !

Il la regarde, le visage dur, plein de reproche.

— Lâche-moi ! J'ai eu tort de t'appeler, je le regrette.

Alors, elle oublie ses bonnes intentions et donne libre cours à sa colère, sans se préoccuper des regards curieux des passants.

— Est-ce que tu te rends compte de ce que tu as fait ? Tu as tout gâché pour ton petit plaisir ! Et c'est nous qui allons en payer les conséquences ! Tu n'es qu'un bon à rien, voilà la vérité, un fils de riche qui a tout eu et qui n'en a jamais assez !

Il ne répond pas et s'éloigne. Fabienne court vers lui, s'accroche à sa chemise. La colère tombe, il ne reste que le sentiment de l'échec.

— Tu as tout sali, tout gâché, tu t'es comporté comme le pire des hommes !

Il poursuit sa marche sans but, absent, comme insensible aux propos de sa femme. Vaincue, elle le regarde s'éloigner. Des larmes de rage brouillent sa vue. Elle trébuche, s'appuie contre un mur. Un passant s'arrête.

— Ça ne va pas ? Vous voulez que j'appelle du secours ?

— Non, merci, répond-elle en s'éloignant d'un pas mal assuré.

Toute la journée d'hier, il a appelé sa mère. Il a laissé plusieurs messages, mais elle ne l'a pas rappelé. Enfin, ce matin, elle décroche son téléphone et il entend ses sanglots qui lui font très mal. Une chape de plomb lui écrase la poitrine.

— Mais où es-tu ? demande-t-il.

— Chez grand-mère Georgina !

— Et papa ?

— Ça va !

Arthur sait que sa mère lui ment, qu'elle est allée frapper à la porte de grand-mère Georgina parce qu'elle s'est disputée avec son père. Alors, il pense que sa place n'est pas ici à attendre que passent des heures interminables, mais à Orléans avec elle.

Il monte dans sa chambre, se change, va vérifier que les pneus de son vélo sont correctement gonflés. Manon l'observe, le regard soupçonneux.

— Où tu vas ?

— À la pêche, et puis ça te regarde pas !

— Je veux venir avec toi !

— Non ! Tu ne m'as pas appelé l'autre nuit quand tu es partie. Tu étais où ? Avec Geordeaux ?

— Non, je suis allée avec Capucin parce que j'avais peur de l'orage !

— Et tu t'es mouillée entre la fenêtre et l'écurie ?

— Oui, il pleuvait à verse !

Arthur n'insiste pas, il est pressé. Entre le Chaumont et Orléans, il y a une quarantaine de kilomètres, cela lui prendra la matinée. Pour enlever tout soupçon à sa sœur qui reste debout à côté de lui, il fixe sa canne à pêche au cadre du vélo, prend sa grosse musette dans laquelle se trouve son matériel.

— Tu comprends, après l'orage, les poissons mordent ! Je vais monter un peu plus haut où je connais des bons coups.

— Au ruisseau de Ladrerie ?

— Oui. Les poissons se plaisent à l'arrivée d'eau.

— Et tu t'es changé pour aller au ruisseau de Ladredie ? Drôle d'idée !

Arthur tâte machinalement sa poche où se trouve son téléphone, enfourche sa machine, pédale vigoureusement entre les flaques d'eau. Il gagne la route de Sully-sur-Loire quand, au sortir d'un tournant, une vieille voiture qu'il connaît bien se dirige vers lui. C'est Baptiste qui se rend au Chaumont. Le jeune homme lui fait des appels de phares et s'arrête à sa hauteur.

— Où t'es parti comme ça ?

— Je vais à l'étang des Brettes. Il est farci de goujons et je veux en faire une friture pour ma grand-mère.

Baptiste n'insiste pas, mais son attitude montre

qu'il n'en croit rien. Arthur redoute qu'il ne donne l'alerte. En effet, Baptiste s'arrête un peu plus loin et compose un numéro sur son portable.

— Allô ! Fabienne ? C'est Baptiste. Je viens de croiser Arthur sur son vélo. Je suis presque certain qu'il est parti vous rejoindre.

En entendant la voix de Fabienne, Baptiste comprend que les retrouvailles avec Clément ne se sont pas passées comme elle l'espérait.

— Il faut que je vous voie, ajoute-t-il. Je vous attendrai sur le parvis de la cathédrale d'Orléans cet après-midi, à quatre heures.

Fabienne retrouve Arthur sur la route de Gien. Le garçon pédale vivement, la canne à pêche pointe devant son guidon, un scion agité de soubresauts. Il reconnaît la voiture de sa mère et s'arrête. Fabienne profite d'une large plate-bande pour garer son véhicule, sort vivement et se dirige vers son fils, le regard dur.

— Qu'est-ce qui t'a pris ? Tu te rends compte ? Grand-maman se fait beaucoup de souci !

Arthur, le visage rougi par l'effort, les cheveux en broussaille, se dresse en face de sa mère dans une attitude frondeuse.

— Je veux venir avec toi ! Je sais que ça n'a pas marché avec papa ! Je ne veux pas te laisser seule.

Fabienne regarde son grand garçon aux formes un peu lourdes, qui a parcouru tous ces kilomètres pour elle.

— Et la Loire ?

— M'en fous ! Je veux être avec toi, parce que je sais que tu es seule.

Fabienne a envie de le serrer très fort contre elle et retrouve un peu d'assurance.

— Alors viens !

Elle s'assoit sur le bord du fossé. Arthur pose son vélo, passe son bras autour des épaules de sa mère.

— Grand-papa ne pense qu'à sa terre. Et papa...

— Grand-papa a sa façon de penser, ton père en a une autre, alors forcément ça ne peut pas marcher entre eux !

— Il est où ?

— Qui ? Papa ?

Arthur ne quitte pas des yeux le visage de sa mère et remarque ses rides au coin des paupières, plus accentuées que d'habitude.

— Il est à Paris, répond Fabienne d'un ton qui se veut détaché.

Cette fois, elle ne peut retenir ses larmes. Arthur, dans un élan d'adulte, l'attire contre lui.

— T'en fais pas ! On s'arrangera !

Jamais Arthur n'a été aussi sûr de lui. Il a vieilli de plusieurs années en quelques jours et se sent capable de protéger sa mère contre ceux du Chaumont. Contre son père aussi, s'il le faut.

— Allez, on va essayer de faire rentrer mon vélo dans le coffre.

Il détache sa canne à pêche, ouvre la petite voiture et tente à plusieurs reprises d'y loger sa bicyclette. Sans succès.

— Il faudrait démonter les roues et j'ai pas d'outil !

— Tant pis, tu vas continuer à vélo. On est presque arrivés.

Arthur glisse sa canne à pêche dans la voiture et enfourche sa bicyclette. Fabienne compose le numéro du Chaumont pour rassurer grand-maman. Line pousse un long soupir : Baptiste ne lui avait rien dit et elle était prête à appeler les gendarmes !

— Il veut rester avec moi ! précise Fabienne. Comme de toute façon nous devrons partir du Chaumont...

— Et Clément ? Que fait-il ? demande Line.

Fabienne hésite un instant puis précise :

— Clément est à Paris pour rencontrer de gros clients.

Elle a parlé très vite, car ce demi-mensonge lui noue la poitrine. Enfin, elle range son téléphone et s'installe au volant.

Au bout de quelques minutes, elle rattrape Arthur, debout sur les pédales, qui grimpe une petite côte. Un sentiment de fierté lui réchauffe le cœur : Arthur pédale pour rester avec elle, Arthur, son fils qu'on dit ne s'intéresser qu'à la pêche, a choisi son camp et ce n'est pas celui du Chaumont ! Manon aussi choisira sa mère, Fabienne en est certaine, et elle se sent la force de reprendre la bataille, de ramener Clément à la raison.

Ils arrivent dans Orléans. Arthur pédale ferme pour suivre la petite voiture blanche qui le précède. En longeant la Loire, il a le temps de remarquer, entre les bancs de gravier, des courants qui doivent plaire aux ablettes et des amortis aux eaux noires où se cachent sûrement un gros brochet ou une compagnie de sandres.

La voiture blanche passe sous un porche, se gare dans un parking intérieur entre de petits immeubles.

— C'est là, dit Fabienne. En attendant que l'appartement que j'ai loué soit prêt, on va rester ici.

— Et mon vélo ?

— On va le monter. On le mettra sur le balcon, si tu le laisses ici, tu vas te le faire voler. Monte aussi ta canne à pêche.

Ils réussissent à tout loger dans le petit ascenseur. Une fois dans le studio, Arthur, habitué depuis toujours au Chaumont, aux maisons trop grandes, s'étonne de cette pièce unique qui sert à la fois de lieu de vie et de chambre à coucher. Son regard circulaire se heurte à des murs dressés comme ceux d'une prison.

— Ce n'est que pour quelques jours, le rassure Fabienne. Notre appartement sera plus grand et tu auras ta chambre à toi.

— Manon aussi ?

— Manon aussi. Et la Loire sera à côté. Tu n'auras pas deux cents mètres à parcourir pour aller pêcher.

Il fait oui de la tête, mais le fleuve, entre les maisons, les quais, les murs qui emprisonnent ses eaux et ses plages de gravier, ne l'attire pas. Bien sûr, il ira pêcher, mais, observé par les promeneurs curieux, il aura l'impression de se montrer nu.

— Peut-être que je prendrai un brochet ou un sandre !

Le silence retombe entre eux, lourd de leurs pensées. Arthur demande enfin :

— Et papa ? Qu'est-ce qu'il fait ? Je l'ai appelé plusieurs fois, il ne m'a jamais répondu.

Fabienne baisse la tête comme si elle était coupable. Enfin, elle précise :

— Il travaille beaucoup !

— Qu'est-ce que tu racontes ? fait Arthur en composant le numéro de son père sur son portable. C'est pas une façon de faire.

Le garçon porte l'appareil à son oreille. La sonnerie retentit plusieurs fois dans un vide qui lui fait mal.

— Laisse ! dit Fabienne. Il est sûrement en rendez-vous. On l'appellera ce soir.

Elle consulte sa montre et se souvient que Baptiste l'attend sur le parvis de la cathédrale. Elle s'approche de la fenêtre, reste un moment à regarder la rue. Baptiste peut lui apprendre beaucoup de choses : il sait tout, entend tout ; la confiance que lui accorde Albin peut faire de lui un intermédiaire précieux.

— Je dois sortir. Je reviens tout de suite.

Arthur a l'impression de gêner. Il s'approche de sa mère, qui fouille dans son sac.

— Dis-moi la vérité : qu'est-ce qui s'est passé avec papa ?

Fabienne pousse un soupir.

— Rien. Je te dis qu'il travaille beaucoup. Il est parti en déplacement.

Elle sort prestement, comme si elle fuyait, dévale l'escalier : la présence d'Arthur la met en face de sa faiblesse, de son échec. Elle court jusqu'à la cathédrale dans l'espoir que Baptiste lui apporte de bonnes nouvelles. Elle le trouve sur le parvis, en polo bleu et pantalon clair. Elle a l'habitude d'un jeune homme en salopette de travail et sa tenue de ville lui fait découvrir un pan inconnu de sa personnalité. Sur son crâne haut, ses cheveux courts, blond-roux, brillent au soleil.

— J'ai retrouvé Arthur ! annonce Fabienne pour se donner une contenance. Il est dans le studio prêté par l'agence en attendant l'appartement que j'ai loué. Il veut rester avec moi.

— Il s'ennuiera vite. On ne se défait pas du Chaumont comme ça !

— Quelles sont les nouvelles ?

Une lueur vite éteinte passe dans les yeux gris de Baptiste. Il demande, comme s'il n'avait pas entendu :

— Clément ?

Fabienne baisse la tête sans répondre.

— Je m'en doutais, précise Baptiste. Si j'ai voulu vous voir, c'est pour vous répéter que je veux vous aider. Le Chaumont est en vente. Cette fois, c'est officiel.

Fabienne, qui pressent un nouveau drame, demande :

— Et toi, qu'est-ce que tu vas faire ?

— Moi ? Je connais le domaine mieux que quiconque, aussi bien que M. Albin. Il faudra quelqu'un pour y travailler. Je serai cet homme. Si on veut de moi...

La jeune femme recule d'un pas, observe longuement le visage déterminé de Baptiste. Qu'insinue-t-il ? Celui qu'elle croyait dévoué corps et âme à son maître a-t-il déjà accepté son sacrifice ? Les malheurs du Chaumont le servent, c'est certain, mais ne chercherait-il pas aussi à profiter de la situation ?

— La vie est un combat. Ce qui compte, c'est de le gagner. Il fait chaud ici. Entrons dans un bar, nous serons plus à l'aise pour parler. Ce que j'ai à vous dire est très important.

Fabienne se laisse conduire dans une rue ombragée, perpendiculaire à l'artère principale. La fraîcheur à l'intérieur du bar la surprend. Baptiste lui propose une table et s'assoit en face d'elle. Ici, à Orléans, sa présence l'impressionne et elle se tient sur ses gardes. Ombre du maître au Chaumont, il a su gagner sa confiance en devenant son double, en calquant ses pensées sur les siennes ; débarrassé de cette tutelle encombrante, il montre une détermination qui effraie la jeune femme.

— Clément court après le vent et ne le rattrapera jamais, dit-il. Et ce vent va vous emporter aussi. La vérité, c'est qu'il est un bon à rien !

— Tais-toi ! le coupe Fabienne en haussant le ton. Je ne tolère pas que tu parles ainsi de mon mari.

Baptiste secoue sa tête hâlée par le soleil et le grand air qu'il respire tous les jours.

— Moi, je pense à ça depuis des années. Si je suis resté, c'est pour vous, pour vous sauver. Pour vous ouvrir les yeux.

Elle esquisse un geste de protestation. Il insiste.

— Laissez-moi parler. Après, vous ferez ce que vous voudrez.

— Non, dit Fabienne en secouant la tête. Je ne veux pas t'entendre. Manon et Arthur ont besoin de leur père. Moi aussi, j'ai besoin de Clément. Nous allons refaire notre vie à Orléans comme des gens ordinaires que nous sommes.

Baptiste a un sourire incrédule et porte à ses lèvres le verre de bière fraîche. Fabienne ne touche pas à sa menthe à l'eau. Elle se sent lourde de questions auxquelles elle n'a jamais voulu apporter les réponses qui s'imposaient. Elle a préféré reculer, attendre, au risque d'hypothéquer l'avenir. Baptiste insiste.

— Fabienne, on s'est toujours bien entendus, on a toujours été du même avis. Ce n'est pas un hasard si nous sommes restés des étrangers aux yeux des Laurrière. Le temps est venu de se serrer les coudes.

— Tais-toi. Ce que tu dis est insensé !

Mais Baptiste ne se tait pas. Il a attendu dix années que le verrou saute. Le Chaumont était une bombe qui pouvait exploser au moindre choc ; à lui à présent de recoller les morceaux selon sa convenance.

— Fabienne, pensez-y, l'heure est venue de prendre les bonnes décisions.

Fabienne se lève et sort précipitamment du bar. La rue donne sur une avenue où le soleil l'aveugle. Elle court jusqu'à sa voiture sans penser à rien, sans se retourner.

Clément a erré dans Paris. La ville se donne à l'été et aux touristes. Sur l'esplanade des Invalides, des corps allongés dans l'herbe rôtissent au soleil. Les groupes d'Asiatiques photographient le dôme et prennent des poses près des statues dorées du pont Alexandre-III. Les bateaux-mouches sillonnent la Seine avec leur lot de visiteurs en petite tenue. Sur les terrasses, les promeneurs consomment des boissons fraîches, leurs lunettes noires sur les yeux. Le temps s'est arrêté, mais Clément n'aspire pas à cette paix. Il a erré une grande partie de la journée, sans but, conscient d'être très proche de ces misérables qui dorment à même le trottoir, ces ivrognes qui vident leur bouteille à l'ombre des platanes, cette lie de la société qui manifeste à travers eux son dysfonctionnement. Qu'est-il de plus ? Maintenant, il mesure la futilité de sa passion, mais il sait bien qu'à la première occasion le démon viendra de nouveau le tenter, le harceler. À cause du jeu le voici seul, sans but, perdu. Fabienne lui a téléphoné plusieurs fois, mais il ne veut pas lui parler. Son indignité le pousse à effacer le passé pour renaître, pour devenir quelqu'un d'autre. Ses enfants le hantent, car il sent en lui le douloureux sentiment qu'il leur porte, mais il ne veut pas étaler devant eux sa laideur.

Il fouille dans ses poches, trouve de la monnaie. Dans une brasserie, il se fait servir une bavette à l'échalote. Tout en mangeant, il réfléchit encore à sa nuit, à sa déroute. Son erreur, c'est encore de n'avoir pas osé être lui-même. Il s'est comporté comme un enfant.

Il règle l'addition et part en métro au siège de son entreprise. Le besoin de se rapprocher de quelqu'un le pousse vers son employeur, qui lui a toujours fait confiance.

M. Logeron le reçoit aussitôt. C'est un homme d'une cinquantaine d'années qui s'est fait tout seul, à la force du poignet, et qui sait reconnaître le mérite de ses collaborateurs.

Cette entrevue sans but précis apaise Clément, lui fait reprendre contact avec le monde. Il peut se remettre au travail, se glisser dans sa peau de commercial, mais il sait qu'au-delà de l'apparence la maladie poursuit ses ravages, et l'avenir lui fait peur. Dès ce soir, il va reprendre la route.

Les gendarmes arrivent au château du Chaumont vers neuf heures du matin. Le soleil est déjà haut et vif, il fait une chaleur lourde, annonciatrice de nouveaux orages pour la soirée. Les deux moissonneuses-batteuses se dirigent vers les champs : le soleil a eu le temps de sécher les parcelles les mieux exposées, et Baptiste a décidé de moissonner malgré l'indifférence de son maître.

Ils arrêtent leur voiture dans la cour, prennent le temps d'admirer l'immense bâtiment central et les écuries où sont enfermés les trois chiens de Geordeaux puis se dirigent vers la porte d'entrée, frappent et attendent en regardant encore autour d'eux avec curiosité. Le mauvais état du parc, les massifs à l'abandon ne cachent pas l'ancienne opulence des lieux, la splendeur passée inscrite dans chaque détail, ce bac en pierre sculpté de griffons, ces buis autrefois taillés en boule et qui poussent désormais en désordre, ces antiques cèdres aux énormes troncs craquelés.

Enfin la lourde porte s'ouvre en grinçant. Les deux habitants du château ne passent jamais par là, préférant la sortie de service qui donne sur le jardin. Margot, vêtue d'une vieille robe de chambre bleue, les cheveux en bataille, le visage bouffi, s'étonne de voir les gendarmes de si bon matin.

— Madame de Morlay, nous venons chercher votre domestique, Georges Dormeaux, celui qu'on appelle Geordeaux. Nous avons mandat de le conduire à la brigade où il sera maintenu en garde à vue le temps de son interrogatoire.

— Mais qu'est-ce que vous lui voulez ? Geordeaux est un peu simplet mais très gentil, il est incapable de faire du mal à une mouche !

— Il doit répondre aux questions du juge chargé de l'enquête sur le meurtre de M. Maçon.

— Quelles questions ? Geordeaux n'embête personne et il m'est indispensable. Sans lui, je mourrais de faim. Et puis il ne parle quasiment pas !

— Cela n'a pas d'importance, madame. Nous avons ordre de le ramener à Orléans. Allez le chercher, s'il vous plaît.

Margot est contrariée, ses rides se creusent.

— Geordeaux n'est jamais au château. Son domaine à lui, c'est le grand espace, la forêt, la Loire. Il devrait rentrer bientôt. Vous pouvez l'attendre. En principe, quand il ne va pas à la pêche, il passe ses matinées dans le potager.

— Est-il avec ses chiens ?

— Non, il ne les sort que le soir et la nuit.

— Très bien. Nous avons à faire. Quand votre domestique reviendra, dites-lui de nous attendre, nous passerons le prendre vers dix heures.

— Je n'y manquerai pas !

156

Les gendarmes s'éloignent mais ne vont pas loin. Persuadés que Margot leur ment, ils garent leur voiture sur la départementale et reviennent au château à pied en suivant la Loire. Ils se dissimulent en contrebas du bâtiment, derrière les taillis bordant le sentier. Ils ne restent pas longtemps à l'affût. Le petit homme bossu descend le sentier, coiffé de son habituel béret, et se dirige vers le fleuve. Les deux gendarmes attendent qu'il soit à leur hauteur pour se montrer.

— Georges Dormeaux, veuillez nous suivre pour un interrogatoire.

Surpris, Geordeaux regarde les deux gendarmes sortis du taillis et détale vers le sentier en sautant comme un bouquetin.

— Arrêtez-vous !

Il n'écoute pas, le nain aux jambes tordues, il court sur le chemin abrupt avec une vitalité qui étonne les gendarmes. Quand ils arrivent au sommet, essoufflés, le fugitif a disparu. Ils regardent autour d'eux. Plus rien ne bouge. Le domestique s'est volatilisé.

— Qu'est-ce qu'on fait ?

— On continue. Il ne doit pas être très loin !

Ils cherchent pendant deux longues heures. La chaleur devient vite intenable. Ils fouillent les alentours, questionnent de nouveau Margot, qui n'a rien vu, la menacent de poursuites si elle cache son domestique, puis vont inspecter les bâtiments. Quand ils arrivent dans l'écurie où se trouvent les chiens, ils s'approchent prudemment, la lampe braquée devant eux. Du box où les trois bergers allemands sont enfermés, des grognements les avertissent qu'il est risqué d'entrer. Les gendarmes se regardent : n'est-ce pas la cachette idéale ? Mais non. La lampe ausculte la paille entre les animaux qui s'agitent, Geordeaux n'est pas là.

Revenus à leur voiture, les deux hommes demandent du renfort pour organiser une battue. En début d'après-midi, deux fourgons avec des chiens arrivent dans la cour du château. Margot s'est enfermée dans ses murs qui, en plein été, conservent un peu de fraîcheur. Les gendarmes questionnent les ouvriers des pommeraies, les conducteurs des deux moissonneuses-batteuses, mais personne n'a vu Geordeaux.

Vers quatre heures de l'après-midi, enfin, tandis que de nouveaux nuages orageux se forment dans le ciel, que la chaleur flétrit les feuilles du tilleul et donne à la Loire l'apparence du métal fondu, les chiens flairent une piste dans les taillis en bordure de la forêt d'Orléans. Arrivés à la vieille grange, près du lac de Corcambron, ils se mettent à gronder. Geordeaux est à l'intérieur, recroquevillé dans un réduit sans lumière entre les anciennes mangeoires des chevaux. Il tremble de tous ses membres. Les gendarmes l'obligent à se lever. Le nain enfonce son béret sur son crâne comme pour se cacher. Ses yeux terrorisés vont des uns aux autres. Tel un animal sauvage acculé par des chasseurs, il lève ses mains devant lui pour se protéger des lampes torches.

— Dormeaux Georges, vous allez nous suivre. Vous êtes placé en garde à vue pour un interrogatoire concernant l'assassinat de Maçon Robert.

Geordeaux tremble tellement qu'il a du mal à se tenir debout. Terrifié, il se plaque contre le mur humide et pousse des cris d'animal quand deux hommes le tirent hors de son refuge.

Dans le fourgon qui le conduit au commissariat d'Orléans, il reste recroquevillé, dans un état de prostration totale. Il faut le porter jusqu'au bureau du commissaire Blanc où on le pose sur une chaise. Il se laisse rouler sur le plancher, perdant son béret, et ses cheveux en broussaille se dressent sur son crâne rond. Les mains devant la figure, il ne répond pas quand le commissaire lui demande son nom. Alors, Blanc lui pose des questions plus directes.

— Connais-tu Robert Maçon ?

Pas de réponse. Le corps de Geordeaux est toujours agité de tremblements. Blanc perd patience.

— Est-ce vrai que tu l'accuses d'avoir tué ton chien ?

On le secoue.

— Tu vas répondre ? Si tu ne réponds pas, tu seras condamné pour meurtre et enfermé le restant de ta vie !

Geordeaux se laisse malmener comme un paquet informe puis, tout à coup, se dresse, ridicule avec son torse disproportionné, sa bosse et sa grosse tête ronde découverte. Il se tourne vers le commissaire, le temps de laisser voir ses yeux bleus magnifiques dans sa figure ingrate de primitif, et pousse un cri strident qui surprend tout le monde.

— Qu'est-ce qui te prend ? On te demande de

répondre à nos questions, pas de te comporter en animal sauvage.

Geordeaux se retranche de nouveau derrière son mutisme, tête baissée, calé sur sa chaise. L'interrogatoire continue, les questions fusent, le harcèlent, le cinglent comme la lanière d'un fouet. Puisqu'il ne répond toujours pas, les policiers le bousculent, le secouent, et cela dure des heures, jusqu'à ce qu'il craque, au milieu de la nuit.

Il est peut-être une heure du matin. Le commissaire Blanc est rentré chez lui depuis longtemps, mais d'autres poursuivent l'interrogatoire, sans laisser un seul instant de répit à l'homme des forêts. Geordeaux sait se faire obéir de ses chiens d'un seul geste ou d'un léger sifflement, mais il ne comprend rien à ce que lui demandent ces justiciers en uniforme. Il n'en peut plus. Depuis des heures, on le tarabuste avec la même accusation : « C'est toi qui as tué Maçon ! » Pour lui, qui en voulait à Maçon d'avoir abattu Prince, cela devient soudain une évidence. C'est pour cela qu'on ne lui donne pas à boire, qu'on le retient enfermé dans cette pièce exiguë et surchauffée, au milieu de ces visages grimaçants, lui qui fuit la compagnie pour la solitude des sous-bois, l'approche délicate des animaux, la règle simple du chasseur et de la proie.

— Tu vas répondre ?

Il bouge, preuve qu'il va céder. En face de lui, des têtes haineuses mastiquent des sandwichs et boivent de l'eau fraîche à même le goulot. Geordeaux sait qu'il pourrait leur échapper par un trou de souris, mais, dans cette pièce encombrée, il n'y a pas de trou de souris. Il n'y a que des policiers qui rabâchent toujours le même refrain.

— Tu as soif ? C'est simple ! On est tous fatigués : tu avoues que tu as tué Maçon et tu auras à boire. Le tribunal t'accordera aussi des circonstances atténuantes puisque Maçon a tué ton chien et que tu n'es pas tout à fait normal ! Avoue et on n'en parle plus ! Après on te laisse tranquille.

Cette fois, l'estocade a porté. Geordeaux lève ses yeux pleins de désespoir et de peur. Il pense à cette nuit, en compagnie d'Arthur, quand un coup de fusil a retenti. Prince, touché au cœur, a fait un bond prodigieux en poussant un hurlement qui a dû s'entendre jusqu'ici. Il revoit l'animal étendu sur les brindilles, le sang qui coulait de sa poitrine. Et le dernier regard de cet ami qui le comprenait dans le silence, qui ne se trompait jamais sur le sens d'un geste. Alors, dans un soupir, il dit, en serrant les dents :

— Oui !

Une exclamation de satisfaction accompagne l'aveu enfin extorqué. L'un des hommes se place devant Geordeaux et l'oblige à le regarder bien en face.

— Donc, tu avoues : c'est toi qui as tué Maçon ?

Le sang de Prince coule autour de Geordeaux, les larmes de sa mère, jetée dans les eaux froides après avoir été enfermée dans un sac de pommes de terre, le brûlent plus que jamais.

— Oui !

— Tu l'as frappé et ensuite tu l'as jeté dans la Loire !

— Oui.

161

— Bon, on va pas t'embêter plus longtemps. Tu as avoué, cela suffit pour cette nuit. Les prochains interrogatoires établiront les faits. Lis ta déposition et signe.

Il tend un stylo à Geordeaux, qui le prend et regarde les gendarmes d'un air niais.

— Tu ne sais pas écrire ? Ça ne fait rien, fais une croix !

Geordeaux est enfermé dans une pièce où on lui donne un sandwich. Un matelas est disposé sur le sol, avec une couverture rouge pliée en quatre. Il refuse le verre d'eau qu'un policier lui tend.

— Comme tu veux ! Je pose la bouteille à côté de toi, si l'envie te prend, tu peux te servir seul. À demain.

Geordeaux se recroqueville alors, laisse tomber sa tête sur ses genoux et, dans le silence revenu du commissariat, se met à sangloter.

Manon s'ennuie. Cela fait deux jours que sa mère et Arthur sont partis. Fabienne lui a téléphoné plusieurs fois, mais la fillette se sent délaissée. Arthur a refusé de revenir au Chaumont. Il n'a pas voulu en donner la raison, mais Manon a bien compris que son frère lui en voulait.

Elle se demande pourquoi on fait tant de mystère autour de son père. Grand-maman n'en parle jamais à grand-papa et ce matin, quand Baptiste lui a demandé des nouvelles, Line a répondu, fataliste : « Il a repris son travail, mais vous savez comment il est ! » Ce qui irrite la petite fille, c'est qu'il ne lui ait pas téléphoné. Elle en a parlé à sa mère, qui a haussé les épaules et lui a dit :

— Il est très occupé ! Tu sais bien qu'il n'appelle pas quand il est en déplacement !

Deux personnes arrivent au domaine. Leur voiture est immatriculée dans un pays étranger, elles ont dû parcourir des milliers de kilomètres. Elles expliquent qu'elles font partie d'un comité de sauvetage de la race ardennaise dont Capucin est un superbe représentant et demandent si Albin accepterait de le leur vendre. Celui-ci hésite. Puis il regarde Manon, qui se met en boule comme un chat près de griffer, et refuse.

Manon court à l'écurie. Quelques instants plus tard, elle traverse la cour sur le dos de Capucin. Mais, depuis que Geordeaux n'est plus là, la promenade a perdu de son attrait. Ses chiens ne cessent d'aboyer, de hurler à la mort dès que la nuit arrive. Margot n'ose pas les laisser sortir, car elle redoute qu'ils fassent quelque bêtise.

Après un galop qui la conduit au bord de la Loire, Manon arrête Capucin dans la cour du château. Jamais Margot n'a autant reçu de visites de la fillette.

— Il revient quand, Geordeaux ?

Margot soupire. Elle passe ses journées dans son potager, se bat contre les mauvaises herbes qui étouffent ses légumes.

— J'espère qu'ils vont le relâcher bientôt ! Le pauvre est tellement mal dégourdi que les policiers peuvent lui faire avouer n'importe quoi. Et puis, c'est un coupable parfait. Simplet, sauvage, sans attaches, laid, il est facile de le charger de tous les vices.

— Mais il n'a rien fait ! Geordeaux est mon copain ! Il est tellement gentil !

Les chiens, qui ont flairé la fillette, font un vacarme assourdissant.

— Ah, ils me cassent les pieds ceux-là ! lance Margot. Qu'est-ce qu'ils vont devenir si Geordeaux ne revient pas ?

— Il va revenir, c'est sûr. Il faut les garder.

— Je voudrais bien, répond la vieille femme, mais ils me coûtent cher. Ils mangent beaucoup, et sans Geordeaux je n'ai pas grand-chose à leur donner. C'était lui qui les nourrissait.

— Il faut les faire sortir pour qu'ils se dégourdissent les pattes. Tu verras, ils obéiront, ils sont si gentils avec Geordeaux !

— Oui, mais avec nous c'est différent. Dès que j'approche, ils grognent. Ils me sauteraient à la gorge si je les libérais !

Manon se tient debout à côté de sa tante, dont la voix pâteuse indique qu'elle est déjà ivre. La fillette la trouve belle, avec sa longue tête, celle des Laurrière, ses épais cheveux gris qu'elle ne réussit pas à retenir sous les peignes, sa peau blanche, malgré les rougeurs du visage, ses mains fines qui n'ont jamais subi l'outrage des outils.

— Je vais m'en occuper, décide-t-elle. Te fais pas de bile, ils me connaissent.

— Manon, tu n'y penses pas ! Ce sont des animaux dangereux, ils n'obéissent qu'à Geordeaux. Si tu les lâches, va savoir ce qu'ils vont faire ! Les gendarmes sont venus assez souvent dans le coin ces derniers jours.

— Ils me connaissent, insiste Manon, tu vas voir. Tu n'as pas remarqué que lorsque je suis dans la cour ils n'aboient plus de la même manière ? Ils font les mêmes petits bruits que lorsque Geordeaux va les voir.

— Tu es une drôle de fille !

L'état de Margot ne lui laisse pas la force de s'opposer à sa petite-nièce.

Elle se lève difficilement et fait quelques pas hésitants en direction de la porte.

— Tu vas voir que j'ai raison, tante Margot ! insiste Manon.

Et elle court vers l'écurie.

Le soir est d'une douceur surprenante, d'un calme qui donne envie de crier, de secouer des casseroles. Des milliers d'insectes crissent dans les buis, les premières chauves-souris patrouillent entre les murs et les noyers. Margot marche avec précaution, en s'appuyant sur un bâton de noisetier.

— J'ai bien peur qu'on ne fasse une bêtise ! dit-elle.

En même temps, elle comprend que les chiens ne pourront pas rester indéfiniment dans leur écurie, qu'il faudra bien les libérer un jour – à moins de les tuer, ce qu'elle refuse de faire pour le moment.

— Tu entends, ma tante, comme ils aboient ? demande Manon. Ça veut dire qu'ils sont contents. Geordeaux m'a appris à leur parler.

Elle court à la porte de l'écurie. Ses cheveux raides volent autour de sa tête ronde comme des baguettes d'ébène. Manon n'est pas très belle, se dit Margot, mais son corps robuste de garçon, son pantalon rouge qui moule ses jambes musclées, son sans-gêne aussi, lui donnent une grâce qui ne laisse personne insensible. Et puis elle a refusé de suivre sa mère et son frère pour s'occuper de son cheval, ce qui est une marque de générosité sans pareille au Chaumont.

La fillette pousse la lourde porte en pesant de tout son poids sur les planches dont la peinture rouge s'écaille. À l'intérieur, il règne une forte odeur d'excréments et de fermentation. Les chiens aboient et se mettent à pousser des petits cris plaintifs quand Manon leur parle.

— Sois prudente ! lui lance tante Margot en restant à la porte. Je te répète qu'ils sont dangereux.

— Mais non, je te dis qu'ils me connaissent.

Et, sans hésiter, elle ouvre la porte du réduit. Les chiens se ruent vers l'extérieur en aboyant. D'une voix perçante, elle leur ordonne de se taire et le miracle se produit. Les bergers allemands s'assoient en silence près de Capucin.

— Tu vois qu'ils ne m'ont pas fait de mal. Je vais les emmener se promener.

— Sois prudente, Manon, répète Margot.

— Je te dis qu'ils me connaissent ! Tiens, tu vas voir.

Elle court jusqu'au cheval, qui s'accroupit. Les chiens n'ont pas bougé.

— Allez, mon Capucin, on y va !

L'animal part au trot, suivi des chiens. Dans une course silencieuse, ils s'éloignent en direction de la forêt. Margot rentre au château, enfin rassurée.

Manon met Capucin au galop. La lumière rouge du couchant pleut entre les tiges nouvelles, glisse sur les larges feuilles, écume en étincelles d'or sur les touffes d'herbe qui bordent le sentier. Au lac de Corcambron, près de la vieille grange dressée dans l'ombre du soir, la fillette descend de cheval et ordonne aux chiens de l'attendre. Dans l'étable, elle se dirige à l'endroit même où les gendarmes ont trouvé Geordeaux. Sous la dalle, qu'elle reconnaît au toucher, la boîte en fer, avec la poupée et son trésor, est toujours là. Rassurée mais redoutant que quelqu'un ne la voie, Manon sort en hâte du bâtiment.

Un courant d'air frais court au ras du sol. Manon grimpe sur le dos de Capucin et repart pour le château. La nuit est presque complète. Line doit se demander où elle est passée, mais cela n'a pas d'importance.

Margot regarde la télévision, les coudes posés sur la table, à côté de sa bouteille de vin. Elle n'a pas allumé la lumière qui attire les insectes par la fenêtre ouverte sur la Loire.

— J'ai enfermé les chiens, annonce Manon. Ils ont été très sages. Je m'occuperai encore d'eux jusqu'à ce que Geordeaux revienne.

— Tu es une brave fille ! dit Margot en l'attirant contre elle.

— Je t'aime bien, ma tante.

— Bonne nuit, ma petite Manon !

Margot vide son verre. Cela fait bien longtemps qu'elle n'a pas ressenti ce doux sentiment qui lui gonfle la poitrine. Alors, elle a envie de casser sa bouteille de vin, de ne plus jamais boire que de l'eau...

Manon passe par la maison de ses parents avant d'aller chez ses grands-parents. Elle profite du téléphone et compose le numéro d'Arthur, qui, lui, a le privilège de posséder un portable. Sa mère en a promis un à la fillette, au Noël prochain, mais Manon en doute : avec la vente du domaine, rien ne sera comme avant !

Au bout du fil, Arthur lui demande sans préambule :

— Qu'est-ce que tu veux ?

— T'es pas marrant, tu me laisses toute seule !

— Tu as ton cheval qui n'obéit qu'à toi !

— Justement. Je sais que tu m'en veux depuis que tu es tombé près de la mare. Je sais pourquoi Capucin a pilé des quatre fers. Il a eu peur d'une couleuvre. Tu sais, moi aussi, je serais tombée.

Elle ment, mais l'absence de son balourd de frère lui pèse et la pousse à toutes les concessions.

— Ici, c'est triste ! poursuit Manon. Depuis qu'ils ont arrêté Geordeaux, tout va de travers. Je suis sûre que Geordeaux n'est pas coupable.

— Qu'est-ce que t'en sais ? De toute manière, tu vas partir, toi aussi, puisque le domaine est vendu.

— Qui te l'a dit ?

Comme toujours, Arthur a besoin de faire supporter à sa sœur sa propre détresse.

— C'est maman. Alors toi aussi tu vas venir à Orléans, et ton cheval va être vendu !

Ces mots résonnent dans la tête de Manon, qui se tait un moment.

— Si mon cheval est vendu, j'irai me jeter dans la Loire !

— Mais qu'est-ce que tu veux qu'on en fasse ? Il va pas venir avec nous ici ! Faut être réaliste, mademoiselle la chipie !

— Pauvre plouc ! crie Manon.

Et elle raccroche.

La juge d'Orléans, Stéphanie Masseret, poursuit son travail routinier et continue l'enquête sur la noyade du Chaumont. Elle a questionné plusieurs fois Georges Dormeaux, désigné comme suspect, et n'a pu le faire sortir de son mutisme. Il baisse la tête, se tait comme un animal qui va recevoir des coups. L'avocat commis d'office a passé de longues heures en sa compagnie et n'a pu lui arracher le moindre mot. Le coureur des bois reste sourd quand on lui dit que son refus de coopérer avec la justice se retournera contre lui. Après avoir avoué le meurtre de Robert Maçon au bout de dix heures d'interrogatoire, il s'est rétracté en répondant par un geste négatif aux questions posées par le commissaire Blanc.

La juge décide cependant de lui rendre une ultime visite. Elle n'espère pas le faire parler, mais au moins provoquer une réaction, un mouvement du regard qui lui donneraient une indication plus précise.

Geordeaux arrive entre deux gendarmes, menotté, ramassé sur lui-même. On lui a coupé les cheveux, ce qui accentue la rondeur de son crâne et les disgrâces de son visage au menton plat et aux pommettes saillantes. Un bref regard vers la jeune femme lui offre cependant le bleu lumineux de ses yeux.

— Geordeaux, commence la juge, je te conjure d'essayer de te défendre, de répondre à mes questions. Je suis là pour t'aider, pas pour t'accabler.

Elle se demande aussitôt de quel droit elle l'a tutoyé. Parce qu'il est diminué ? Parce qu'il ne viendrait à l'esprit de personne de le vouvoyer, de montrer la moindre marque de respect à ce nabot bossu ?

— Il faut que vous m'aidiez ! poursuit-elle.

Mais le vouvoiement sonne faux et Geordeaux a un très bref mouvement de tête, comme si cela le gênait.

— Vous devez m'aider à cause de vos chiens que je veux sauver. Ils risquent d'être euthanasiés !

Geordeaux n'a pas compris le sens de ce mot, qu'il entend pour la première fois, mais l'allusion à ses chiens le fait réagir. Il lève la tête, jette un regard rapide à son interlocutrice.

— En attendant, ils vont être placés dans un chenil. Livrés à eux-mêmes, ils sont dangereux.

Geordeaux fait une horrible grimace. Cette fois, il a compris, mais il se bloque de nouveau. La juge change de sujet. Le devenir des chiens n'était qu'un leurre, elle n'a aucune responsabilité sur ces animaux et ne veut surtout pas s'en occuper.

— Véronique Viroflet m'a dit qu'elle s'ennuyait sans vous.

Cette fois, Geordeaux ose braver le regard de la jeune femme planté dans le sien. C'est à son tour d'être gênée par la profondeur de ces yeux. Il dit alors, d'une voix profonde, étrangement basse pour un homme si petit et contrefait :

— Maman !

Stéphanie fronce les sourcils. Geordeaux n'a pas tous ses esprits, mais pas au point de prendre pour sa mère une femme plus jeune que lui.

— Qu'est-ce que tu racontes ? s'insurge-t-elle, abandonnant le vouvoiement. Elle tourne à longueur de journée autour du Chaumont, elle sait qui a tué Maçon. Toi aussi, tu le sais, alors dis-le, si tu veux retrouver tes chiens !

Mais Geordeaux baisse une fois de plus la tête et s'enferme dans son mutisme d'animal.

— Réponds-moi, Geordeaux, je t'en conjure !

Mais Geordeaux ne répond pas.

La juge demande aux gendarmes de le reconduire à sa cellule.

Clément travaille plus que jamais. Il enchaîne les rendez-vous et les commandes affluent, mais il refuse toujours de rejoindre sa famille. Pour Fabienne, cette situation ne peut durer. Elle aussi s'ennuie loin de sa maison. Quant à Arthur, il tourne en rond comme un animal en cage, passe de longues heures devant la télévision et s'empiffre de gâteaux secs.

— Il faut que tu m'accompagnes au Chaumont ! Tu dois embrasser tes grands-parents et ta sœur.

Arthur regarde sa mère et son visage se durcit. Le jeune garçon uniquement préoccupé par la pêche s'est mué en adolescent.

— Plus jamais je ne remettrai les pieds au Chaumont !

— Mais enfin, pourquoi ?

— C'est ainsi !

Pourtant, il n'a que cette pensée en tête. Ici, tout l'agace : l'appartement trop petit, la ville qui l'emprisonne, la Loire enfermée dans ses murs de béton. Fabienne le comprend et prévient sa belle-mère. Les deux femmes parlent de tout, sauf de l'essentiel, qui leur brûle les lèvres. Finalement, elles décident que Manon restera au Chaumont.

— Par contre, je vais l'inscrire avec son frère ici, au collège. Ce sera mieux que de faire la route jusqu'à Gien. Et puis ce n'est pas bien qu'ils soient élèves dans l'établissement où je suis professeur !

— Comme vous voulez, répond Line. La vie est ainsi et il faut bien se résigner.

Enfin, Fabienne ose demander :

— Comment va beau-papa ?

— Mal. Il ne dit pas deux mots par jour. Je suis inquiète.

À son tour, Line pose la question qui la mine :

— Et Clément ?

Fabienne n'a plus la force de mentir. Elle revoit l'homme vaincu qui marchait sur le trottoir parisien.

— Il ne répond pas toujours à mes appels. Il m'a dit qu'il travaillait beaucoup, qu'il était souvent en déplacement.

— Qu'est-ce que ça veut dire ?

— Je crois qu'il a compris, même si c'est un peu tard.

Fabienne ne dit pas tout. Elle a pu savoir par Maxime Leblois, le collègue et ami de Clément, qu'il a loué un petit studio meublé dans le XIV$^e$ arrondissement de Paris, rue d'Alésia, mais qu'il n'y fait que de brefs séjours, préférant vivre à l'hôtel.

— Il se tue au boulot pour oublier ses soucis, a ajouté Maxime Leblois. Il est devenu irritable et ne tient plus en place. Quand je lui ai demandé de vos nouvelles, il m'a répondu de me mêler de ce qui me regarde.

Fabienne est préoccupée. Clément, tel un animal pris au piège, est capable de s'amputer d'une partie de lui-même pour se libérer. Elle voudrait l'aider, mais comment le lui faire comprendre ?

Quelques jours passent, immenses et vides. Arthur s'ennuie dans sa prison suspendue et reliée au monde par un horrible escalier. Il passe de longues heures dans sa chambre à rêver au beau temps du Chaumont, aux lourds gardons qu'il prenait avec une ligne calée sur le fond près du vieux saule, aux brochets à l'affût dans les branches mortes. Sa sœur l'appelle tous les jours et, comme son père, il la rabroue. Pourtant, le ton de Manon a bien changé.

— Écoute, fais pas l'idiot, reviens ! J'ai entendu que les acheteurs du domaine laissaient à grand-papa le temps de faire la moisson et la récolte des pommes...

— Je m'en fous !

— T'es con ! C'est tout ce que j'ai à te dire.

— Et toi, t'es une grosse pétasse !

Le soir, il tarde à s'endormir, retenu éveillé par sa journée d'inactivité, par l'absence de fatigue physique, et surtout par la certitude qu'il n'a pas fait tout ce qu'il aurait dû pour conserver le Chaumont. Il a suivi sa sœur à la recherche d'un trésor qui n'a jamais existé, remué des tonnes de vieilleries poussiéreuses alors qu'il aurait suffi d'aller droit au but et de parler à la gardienne des lieux, tante Margot. Pourquoi n'est-il pas allé la trouver,

la supplier de rembourser la dette de son père ?
Margot l'aime beaucoup, il le voit aux regards
qu'elle pose sur lui, aux gâteries qu'elle lui achète
chaque fois qu'elle se rend à Gien. Pour lui, elle
aurait oublié sa haine envers Albin...

La pêche lui manque. Un après-midi, il se
décide, conscient de renouer avec ses anciennes
habitudes et de faiblir dans son exil volontaire. Il
n'a pas de mouches, mais il a confectionné de
petits leurres avec une perle enveloppée de papier
aluminium et enfilée sur un minuscule hameçon.
Tout ce qui brille attire les poissons.

Il s'installe au bord de la Loire, à un endroit
qu'il a soigneusement repéré. Le courant venu du
large bute contre la berge de galets et repart vers
une zone calme où de grosses vandoises attendent
leurs proies. Il a même vu, tout au bout, des chevesnes dolents se chauffer au soleil. Mais il sait par
expérience que ces poissons, lourdauds en apparence, sont en fait lestes, très méfiants et difficiles
à tromper.

Il monte sa ligne sans se préoccuper des gens
qui se promènent le long de la berge. Le voilà loin
de la ville, loin de ses soucis, redevenu le Arthur
pêcheur de Loire, celui pour qui la prise d'un
goujon a autant d'importance que le plus précieux des cadeaux.

Il fixe un de ses petits leurres flottants et le
lance dans le courant. Un poisson le gobe aussitôt.
Retrouvant ses réflexes, Arthur ferre avec précision. Un groupe de garçons parlant entre eux une
langue étrangère le regarde prendre la première

vandoise. Arthur ne leur prête aucune attention, lance son leurre et rate la seconde touche.

Les quatre garçons se sont approchés. Arthur comprend tout de suite leurs intentions. Il ramène sa ligne, endosse sa musette.

— Elle est jolie, ta canne à pêche ! dit l'un d'eux avec un curieux accent.

— Et dans ce gros sac, tu peux nous montrer ce que tu as ?

— C'est rien. Du matériel de pêche, rien de valeur, fait Arthur en cherchant à s'éloigner.

Mais les autres l'en empêchent.

— Nous, on aime bien le matériel de pêche ! insiste le premier en lui prenant la canne des mains. (Arthur la lui retire vivement, mais le garçon s'approche, menaçant.) Attention, on pourrait être nerveux nous aussi !

— Laissez-moi tranquille !

Arthur regarde autour de lui pour chercher l'aide des passants, mais il n'y a plus personne.

— Tu vas nous donner gentiment ta canne et ton sac, sinon il t'arrivera des misères.

— Mais enfin, c'est à moi ! s'insurge Arthur. Vous n'avez pas le droit !

— On a tous les droits parce qu'on est les plus forts !

Un crochet au bas-ventre plie Arthur en deux. Les autres s'emparent de la canne, du sac et s'enfuient en riant. Arthur se relève, les larmes aux yeux, la rage au cœur. Cette fois, c'est décidé, il ne restera pas un jour de plus ici !

L'été triomphant resplendit au-dessus de la Loire, qui n'est plus qu'une multitude de ruisselets entre des monticules de gravier sur lesquels poussent des touffes d'herbe. Les vacanciers ont envahi le lit du fleuve et le traversent à gué. Des pêcheurs se postent dans les petits courants, piétinent pour attirer les goujons. Au Chaumont, la frondaison des arbres, le calme des oiseaux blancs qui se posent sur les galets surchauffés confèrent aux tours du château que l'on voit entre les noyers une légèreté aérienne hors du temps. Les collines proches renvoient le bruit étouffé des moissonneuses qui récoltent les derniers blés et les avoines. Dans les vergers, Baptiste inspecte les pommiers, à la recherche de taches sur les feuilles, signes d'une maladie, d'un champignon capable d'attaquer les fruits.

C'est l'époque où Albin ne prend plus le temps de dormir. Les autres années, il était partout à la fois, des vergers aux champs, surveillant le transport du grain jusqu'aux silos, les ouvriers chargés de pulvériser les produits fongicides dans les vergers et profitant de la nuit pour réparer les machines en panne. Line se faisait du souci, implorait son mari de prendre un peu de repos, mais il n'entendait rien : « Je dormirai en hiver, en même temps que mon domaine ! »

Cette année, il se désintéresse des récoltes. Il a fait le siège des banques, espérant que ses bons amis lui viendraient en aide. Le président du Crédit Agricole régional n'a pas voulu s'engager en sa faveur : Albin n'a plus rien à voir avec le Chaumont, il en conserve, certes, l'usufruit et peut prétendre à une indemnité, mais rien de plus. Le président du conseil général, une ancienne relation, l'a reçu froidement avant de lui dire qu'à son âge il était temps de prendre sa retraite.

Depuis que Geordeaux est en prison, la folle des Chênes s'attache aux pas du patriarche. Il la croise plusieurs fois par jour et sent son regard planté sur lui. Il en perçoit les pensées profondes, et la boue de son esprit l'embrume au point de ne plus voir où il pose les pieds. Il se sent traqué, poursuivi, épié. Alors, il pense à son pistolet chargé dans le tiroir de son bureau...

Des bruits de brindilles attirent son attention. C'est Manon qui arrive, juchée sur le dos de Capucin. La fillette lui sourit, repousse ses cheveux raides qui s'obstinent à lui voiler la vue, se laisse glisser au bas du cheval. Elle s'approche d'Albin, qui la regarde intensément, comme il ne l'a jamais fait jusque-là. Elle aussi ressemble aux Laurrière, elle en a la détermination. Seuls ses yeux noirs diffèrent des yeux clairs d'Albin, mais ils ont la même intensité.

Elle voudrait parler à son grand-père, mais

l'austérité de son regard, la dureté de son visage la retiennent.

Albin fouille dans sa poche, sort une petite boîte de métal brillant.

— Regarde, dit-il en montrant la boîte. Elle a plus de cent ans. Elle appartenait à mon ancêtre quand il est arrivé ici. Elle contenait du tabac à priser ; c'est la poudre de tabac qu'autrefois on se mettait dans le nez.

— Beurk, fait Manon avec un air dégoûté. Ça devait piquer !

— Peut-être ! Mon arrière-arrière-grand-père a jeté le tabac et a rempli sa boîte à priser d'un peu de terre du Chaumont.

Albin ouvre la boîte avec précaution, ôte le couvercle et montre le contenu à Manon.

— Regarde, il y a plus de cent ans que cette terre est là.

Il referme la boîte et la tend à Manon.

— Elle est à toi, désormais. Tu ne la perdras pas. Tu la garderas toute ta vie. J'espère qu'elle te portera chance !

La fillette jette un bref regard craintif autour d'elle puis recule d'un pas.

— Je veux pas ! murmure-t-elle. Je vais la perdre !

— On ne perd que ce qu'on veut ! Si tu y penses avec assez de force, tu ne la perdras jamais. Nos aïeux ne l'ont jamais perdue !

Enfin, Manon saisit la boîte du bout des doigts, comme si elle redoutait de se brûler, puis la regarde longuement.

— Tu n'en parleras à personne, tu verras, elle te portera chance.

Elle n'ose plus bouger. C'est Capucin lui-même qui s'approche de la fillette, la pousse de son museau et s'accroupit pour l'inciter à monter sur son dos.

Fabienne ne s'habitue pas à son nouvel environnement. Les bruits de la rue ont remplacé celui des oiseaux à son réveil. Et puis Arthur va mal. Depuis qu'il s'est fait voler sa canne à pêche et son sac, il s'enferme dans sa chambre, passe ainsi de longues heures, lui qui ne restait à la maison que le temps de déjeuner sur un coin de table. Cette situation ne peut durer.

Elle a fini par accepter de se rendre au rendez-vous que Baptiste lui a proposé, à Olivet. Elle espère en tirer de nouvelles informations : le jeune employé sait tout, voit tout et recueille les rares confidences d'Albin.

Ils se retrouvent en milieu de matinée. Baptiste a fait un effort de toilette, et c'est la première fois que Fabienne le découvre en costume, ce qui, en le vieillissant un peu, lui donne de l'importance.

Le jeune homme lui sourit et constate à son tour que la robe légère met en valeur les hanches, la poitrine de la jeune femme, sa silhouette fine. Il l'invite à boire un rafraîchissement dans un bar.

— La moisson s'achève, dit-il en présentant une chaise à Fabienne. Bientôt, la cueillette des pommes et on tournera la page ! Le Chaumont est vendu, on ne peut revenir en arrière.

— Et Maçon ? Que sait-on de nouveau ? Je ne vois pas Geordeaux frapper cet homme et le jeter dans la Loire ! Cela me semble bien mystérieux.

Baptiste secoue la tête, un léger sourire aux lèvres. Devant ce jeune homme ainsi vêtu, en chemise blanche et cravate, Fabienne a l'impression de parler à quelqu'un d'autre, un inconnu qui lui fait peur.

— Il se peut que nous ne sachions jamais la vérité. Margot pourrait la révéler, mais elle s'en gardera bien.

Fabienne fronce les sourcils.

— Je m'étonne aussi que mon beau-père ne réagisse pas, qu'il laisse vendre son domaine sans broncher !

— Je connais M. Albin et je sais qu'il n'a pas jeté sa dernière bûche au feu !

Fabienne fronce les sourcils. Cette fois, elle comprend ce que Baptiste insinue. Elle recule sa chaise, comme horrifiée.

— Tu veux dire que...

— Je ne dis rien, je constate ! J'observe les gens. Je n'ai pas été étonné qu'on trouve Robert Maçon noyé dans la Loire. Je crois que je m'y attendais.

— Ah bon, et pourquoi ?

— Maçon avait des droits sur le château. Supposez maintenant qu'il arrive quelque chose à Margot, et c'est votre beau-père qui en hérite. Ainsi, les banques pourront lui prêter de l'argent pour retrouver son domaine qui se revendra très vite quand le promoteur parisien comprendra qu'il ne peut rien construire sur des terres agricoles de cette valeur.

— Mais qu'est-ce que tu racontes ?

— Je vous dis ce à quoi je pense depuis longtemps. Votre beau-père n'a jamais dévié de son but. Souvenez-vous, la belle Marie, servante au château. Elle a disparu au bon moment, quand elle s'en prenait à Albin qui lui avait promis le mariage...

— Comment tu sais ça, toi ?

— Je le sais. Il suffit de poser les bonnes questions aux vieux du pays. Ils n'ont pas oublié...

— Tu es un monstre ! Comment oses-tu imaginer que mon beau-père soit capable de commettre des choses aussi affreuses ?

— Pour le Chaumont, il est capable de tout.

Fabienne reste un long moment sans voix, le regard posé sur cet étrange Baptiste qu'elle découvre, un peu comme si le jeune homme venait de formuler des pensées qu'elle refoule depuis le début.

— Il n'est pas idiot, il sait que la police retrouve toujours les coupables !

— Pas sûr ! précise Baptiste en consultant le menu. La preuve, c'est Geordeaux qui est en prison.

Le jeune homme sourit, suit des yeux un couple qui rejoint sa table.

— Je ne comprends pas ce que tu insinues !

Baptiste sourit encore ; visiblement, il ne va pas au fond de sa pensée. Fabienne s'est méprise sur ce jeune homme d'apparence effacée, qu'elle a toujours considéré comme un adolescent.

— Moi, je me comprends.

— Tu me fais peur ! J'ai en face de moi quelqu'un que je croyais connaître un peu et je découvre une autre personne, tellement déterminée...

— J'ai été à bonne école. Mais parlons de vous. Il est temps de tourner la page ! Je ferai tout pour vous aider, pour l'éducation de vos enfants. Clément a décidé de fuir, c'est mieux pour tout le monde. J'ai de grands projets...

— Tes projets ne seront jamais les miens ! s'exclame Fabienne, révoltée par l'audace de Baptiste, et regrettant d'avoir accepté de le rencontrer.

— Fabienne, si vous le voulez, tout peut désormais dépendre de vous !

— Qu'est-ce que tu veux dire ?

— Que le Chaumont peut vous revenir. Quoi qu'il arrive, on ne pourra pas se passer de moi pour le mettre en valeur.

— Jamais ! Tu entends, Baptiste, jamais je ne ferai autre chose que ce que me dicte mon cœur. Et pour l'instant je n'ai qu'une seule préoccupation : sauver mon mari de l'abîme et faire en sorte que mes deux enfants soient heureux.

Elle se lève et s'éloigne rapidement, sans se préoccuper des regards curieux posés sur elle.

Sur le moment, quand elle reçoit l'appel de maître Garbin, avocat à Orléans, Fabienne ne réagit pas. Elle pense qu'il veut lui parler du Chaumont quand la nouvelle tombe, tel le couperet d'une guillotine.

— Votre époux, Clément Laurrière, demande le divorce. Il prend tous les torts à sa charge. Nous devons établir ensemble le montant de la pension alimentaire qu'il vous versera. Vous aurez la garde de vos deux enfants de moins de quinze ans...

Fabienne reste muette. Clément veut donc aller jusqu'au bout de sa logique de destruction ! Elle pose le téléphone et se laisse tomber sur le canapé. Son chagrin est trop fort pour s'exprimer par des larmes. Hébétée, elle tourne vers Arthur un regard vide.

— Maman ? Qu'est-ce qui se passe ?

Elle ne peut prononcer un mot. Arthur la prend dans ses bras et la serre contre lui. Ses épaules ne sont pas aussi robustes que celles de Manon, il a l'impression que c'est elle sa petite sœur.

— Ma petite maman ! Je suis là pour t'aider.

Enfin, dans un effort qui contracte son visage blême, Fabienne annonce :

— Papa veut divorcer.

À son tour, Arthur reçoit le coup de gourdin qui le laisse assommé, figé dans une pensée unique et monstrueuse. Par cette annonce, son père exprime son rejet de toute la famille et cela lui déchire les entrailles.

Il sent toujours la joue sèche de sa mère contre la sienne. Il aimerait tant qu'elle pleure, qu'elle exprime par des sanglots la douleur qui se comprime en elle, qu'elle s'en libère.

— C'est trop injuste ! dit enfin Arthur.

Il se sépare de sa mère, tourne un instant autour de la table, se décide et prend son téléphone.

— Allô ! Manon ?

La fillette comprend à la voix de son frère qu'il ne l'appelle pas pour les chamailleries habituelles. Quelque chose de grave vient de se produire. Elle demande :

— Qu'est-ce qui se passe ? Tu me fais peur !

Il n'ose pas parler ouvertement, prononcer ce mot de divorce, pour le garder hors de la réalité.

— Faut qu'on aille voir papa !

Un silence de quelques secondes indique que Manon réfléchit. Depuis longtemps, elle a envie d'aller trouver son père et l'aurait déjà fait si elle avait été sûre de son itinéraire, mais le voyageur de commerce n'est pas deux soirs de suite au même endroit.

— Quand tu veux. Qui va nous emmener ?

— Maman !

Fabienne sursaute, se dresse face à Arthur.

— On va venir te prendre. Sois prête.

Il raccroche, conscient d'avoir été, pour une fois, à la hauteur de la situation. Pourtant, il sait que le courage va lui manquer.

— Qu'est-ce que tu veux faire ? demande Fabienne.

— Je veux que tu nous conduises voir papa.

Fabienne non plus ne se sent pas le courage de cette entrevue de la dernière chance, mais, pour Arthur, elle n'a pas le droit de flancher. Elle cherche aussi des arguments pour justifier Clément, une manière de ne pas sombrer définitivement.

— C'est un malade !

— Un malade ? Et quoi encore ?

— Oui, il joue comme d'autres boivent ou se droguent. C'est qu'il est mal dans sa peau. Ce n'est pas facile d'être né au Chaumont !

— Ouais...

Arthur ne dit pas tout ce qu'il a en tête. C'est au Chaumont qu'il doit ses plus belles journées, à la Loire qui baigne les collines de son enfance ! Chaque jour y a été un enchantement. Il en veut à son père de les lui avoir ravies et cela lui donne la force d'aller au bout de sa pensée.

— Voilà ce qu'on va faire, décide-t-il. Tu vas téléphoner à son patron ou à son collègue, Maxime Leblois, pour savoir où il est. On va passer prendre Manon et on ira l'attendre devant la maison de son client. Il sera bien obligé de nous parler !

Fabienne regarde attentivement son fils. Son

visage n'est plus celui d'un enfant ; l'adolescence le modèle selon la forme des Laurrière, le front haut, le menton assez fort. Seuls les joues pleines et le nez d'enfant le différencient encore de l'austère figure de son grand-père.

— Fais vite ! dit encore Arthur. On a trop attendu.

Il redoute surtout que sa volonté ne s'émousse. Maintenant qu'il vient de la formuler, son idée lui semble au-dessus de ses forces. Arthur se connaît assez pour savoir que les mots lui manqueront, qu'il bredouillera, mais ne rien faire serait la pire des lâchetés et il le regretterait toute sa vie.

Fabienne ne peut s'opposer à la décision de son fils. Elle appelle Maxime Leblois, qui lui apprend qu'en principe Clément est à Châteaudun où il a rendez-vous avec l'économe de l'hôpital. Il partira ensuite en Picardie jusqu'à la fin de la semaine. Fabienne le remercie, range son téléphone et se tourne vers Arthur.

— On y va ?

Vingt minutes plus tard, ils sont au Chaumont, où Manon, avertie par son frère, les attend au bord de la route départementale. Le frère et la sœur s'embrassent avec effusion et comprennent qu'ils se sont manqué, ce qu'ils expriment à leur manière.

— Qu'est-ce que t'as foutu à Orléans ? Voilà que tu es gros comme un goret ! s'exclame Manon, en jetant un regard moqueur à son frère.

— Et toi, tu t'es regardée ? Tu ressembles à une grosse dinde ! Et puis ton pantalon rouge est cradingue !

— J'ai porté un seau d'avoine à Capucin. Le pauvre a compris qu'il allait partir et j'ai bien vu dans ses yeux qu'il était triste.

— C'est pas moi qui le regretterai !

Manon serre les dents. Ce que vient de dire Arthur lui est intolérable. Elle se jette sur lui, les poings en avant. Fabienne intervient.

— Vous n'allez pas commencer à vous battre ! Montez en voiture, on est pressés.

D'après Leblois, qui vient de rappeler Fabienne, Clément restera avec l'intendant de l'hôpital jusqu'à dix-huit heures environ. Cela leur laisse moins d'une heure pour aller à Châteaudun, ils n'ont pas une minute à perdre.

— J'étais bien tranquille quand tu n'étais pas là ! poursuit Manon.

— C'est pour ça que tu me téléphonais cinq fois par jour !

Ils se taisent. La tenaille de l'angoisse provoque en eux une terrible douleur et ils se recroquevillent sur leur siège. Ils arrivent enfin à Châteaudun. Fabienne trouve assez facilement l'hôpital, gare sa voiture sur le parking. Elle aussi est tendue.

— Venez ! dit-elle en se plaçant entre ses deux grands enfants et en leur prenant la main.

Ils se plantent devant l'entrée. Arthur est fébrile, des tremblements lui parcourent le dos et les membres. Alors, il se force à penser aux poissons de la Loire, aux mouches qui seront de plus en plus rares dans le box de Capucin, aux petits vers de terreau qu'il ramasse dans le potager de tante Margot. Manon se tient en retrait, les cheveux devant la figure, et garde la tête haute dans la lumière du soleil qui descend à l'horizon. La fillette au pantalon rouge n'est pas à sa place ici, devant cette entrée en verre, en face de cet immeuble moderne. Manon est faite pour les grands espaces, pour la forêt, pour les chevauchées sans but au bord de la Loire.

L'attente n'en finit pas. Une heure interminable passe ; des gens entrent et sortent par la porte vitrée, traversent le hall d'entrée vers les ascenseurs ou regagnent leur voiture sur le parking. Personne ne fait attention à eux, et Arthur se sent ridicule à faire le pied de grue dans ce lieu dont, ce matin encore, il ne soupçonnait pas l'existence. La main de sa mère, qui n'a pas lâché la sienne, le brûle. Tout à coup, cette main lui écrase les doigts. Son sang se fige dans ses veines, il ne respire plus, entièrement bloqué à la vue de la silhouette qui traverse le hall pour sortir enfin : son père.

Clément s'approche d'eux sans les remarquer. Il oblique pour rejoindre le parking quand il voit d'abord Fabienne, puis Arthur et Manon. Il s'arrête, figé par leur présence qu'il n'attendait pas, se ressaisit. Il s'approche, embrasse ses enfants puis Fabienne.

— Voilà, dit-il, la gorge nouée, ne trouvant pas ses mots... Alors, Arthur, tu fais toujours des massacres d'ablettes ? Et toi, Manon, tu t'occupes toujours bien de Capucin ?

Manon serre les dents. Son regard est fixé sur son père, ses lèvres ne font pas leur habituelle moue mais restent serrées. Elle a envie de mordre. Arthur secoue la tête, vaincu. Toutes les belles phrases qu'il avait imaginées se sont envolées, son esprit reste vide. C'est Fabienne qui parle.

— Arthur ne pêche pas. Il s'est fait voler son matériel par des voyous. Il est resté avec moi à Orléans. Manon va bien être obligée de nous rejoindre. Et toi ?

Il pousse un profond soupir.

— Je n'ai rien à dire !

Manon, enfin, desserre les dents. Elle n'a pas quitté son père des yeux.

— Qu'est-ce que tu peux être nul ! s'exclame-t-elle.

Clément sursaute. Fabienne ne bronche pas. Ce que vient de dire Manon exprime parfaitement sa pensée. Alors, elle explose à son tour, donne libre cours à sa colère.

— Tu casses tout ! Tu plonges tes enfants dans le désarroi le plus total et tout ce que tu trouves de mieux à faire, c'est de m'envoyer ton avocat !

— Pardonne-moi, mais je ne peux pas agir autrement !

Comment expliquer à Fabienne, devant ses deux grands enfants, qu'il est rongé par le désir du jeu, un manque perpétuel auquel il ne saura pas résister longtemps ? Et, pour gagner lors des enchères, il doit être seul et n'avoir aucune pensée protectrice pour les uns ou les autres qui induiraient ses hésitations, ses mauvais gestes, ses erreurs. D'ailleurs, après ce qui s'est passé, ses enfants ne lui pardonneront pas d'avoir perdu le Chaumont. La séparation, le divorce restent la seule bonne solution pour tous, mais ce n'est pas la peine de s'en expliquer. Il fait un pas en direction du parking.

— C'est ainsi ! Personne n'y peut rien.

Arthur n'a pas dit un seul mot. Il a honte de son père, honte de cet homme qui veut jouer aux forts et reste aussi fragile qu'un petit enfant, honte de son vice qui le sépare de ceux qui l'aiment. Tandis que Clément s'éloigne sans se retourner, Manon pousse un cri strident et se précipite sur lui.

— Mais t'es vraiment trop con ! hurle-t-elle en le martelant de ses poings comme elle le ferait à son frère.

Clément la repousse du bras et monte dans sa voiture. Il démarre en trombe et prend la route, le regard fixé sur les peupliers.

Déjà les soirées d'été raccourcissent. Il fait moins chaud sur les bords de Loire. Le mois d'août s'achève avec les premières pluies qui annoncent l'automne. Les vergers sont couverts de pommes colorées qu'il va falloir cueillir bientôt. Albin retarde cette période car il sait bien qu'elle marquera la fin du règne des Laurrière au Chaumont.

L'appartement que Fabienne a loué n'est toujours pas libre. Elle doit cependant l'aménager, le meubler pour y accueillir Arthur et Manon. Comme le studio que l'agence lui prêtait n'est plus disponible, toute la famille s'est de nouveau installée au Chaumont. Arthur retrouve avec bonheur la grande cour pavée, les collines, la forêt et sa chère Loire. Il a bricolé une vieille canne à pêche, mais son esprit n'est plus à la traque des ablettes ou des vandoises. Arrivé au bord de l'eau, il éprouve comme du dégoût, le sentiment de perdre beaucoup de temps à faire les mêmes gestes, à prendre toujours le même poisson et de la même manière. L'ennui le poursuit, le mord aux talons. Près de la mare où les grenouilles se taisent désormais, il ne reconnaît plus sa place, les larges feuilles de nénuphar ne lui parlent plus, les sentiers entre les roseaux ne l'invitent pas à la promenade.

Le comportement de son père le révolte. Il n'a pas dit un seul mot pendant l'entrevue et regrette de ne pas s'être mis en colère. Depuis, il n'en a parlé ni avec sa mère ni avec Manon. L'avocat a téléphoné plusieurs fois à Fabienne, qui est allée le voir, mais elle n'a rien dit. Arthur a seulement remarqué qu'elle marchait les épaules basses, comme écrasée par un poids invisible. Pourtant, elle ne pleure plus.

Grand-maman et grand-papa ne posent pas de questions, ils ont suffisamment de soucis de leur côté. Albin fuit tout le monde et ne vient à maison qu'à l'heure des repas qu'il avale rapidement, sans un mot, avant de disparaître de nouveau. Line passe ses journées à sa fenêtre, surveillant les allées et venues des uns et des autres. Elle soupire chaque fois qu'elle voit Albin traverser la cour et s'éloigner dans la forêt sans se soucier des ouvriers qui préparent les caisses pour la cueillette des fruits. « Qu'est-ce qu'on va devenir ? » demande-t-elle en joignant les mains et en levant les yeux au ciel. Si elle pouvait se débrouiller seule, elle irait à l'église pour prier car Dieu semble l'avoir oubliée.

Arthur et Manon rendent souvent visite à Margot, qui passe ses journées dans son potager à se battre contre les mauvaises herbes. Les événements ne la touchent pas, et ils viennent chercher près d'elle un peu de réconfort. Chaque après-midi, Manon s'occupe des trois chiens qui l'attendent pour la promenade. La fillette grimpe sur le dos de Capucin, pousse un cri et le groupe s'éloigne.

— Un prodige ! s'exclame Margot. Ta sœur a le don de se faire obéir des animaux. Ces fauves se comportent avec elle comme des toutous !

Arthur est un peu jaloux, mais il fait bonne figure. Depuis qu'ils savent que leur père et leur mère vont se séparer, ils ne se disputent plus et passent ensemble la majeure partie de la journée. Ils devront se faire une raison : beaucoup de leurs camarades ont des parents divorcés, mais, au Chaumont, cela leur semblait impossible.

Manon se rend toujours au même endroit, une clairière près de la grange abandonnée, au bord du lac de Corcambron. Arthur doit rester en retrait car les chiens se mettent à grogner s'il approche. Il attend, cependant, car c'est l'heure de la dame.

En effet, chaque jour, à la même heure, une silhouette sort du taillis, semblable à une apparition. La folle des Chênes marche lentement vers Manon et les chiens qui la regardent en remuant la queue. Son visage est très pâle, ses cheveux noirs tombent sur ses épaules en épaisses boucles. Ses yeux bleus fixés sur la fillette, elle tend ses mains très fines. Manon lui sourit. Alors, la folle laisse tomber ses bras le long de son corps puis s'éloigne, légère comme une fumée que pousse un léger vent.

Un matin, alors que la brume s'attarde sur le fleuve, le fourgon des gendarmes s'arrête dans la cour du château. Curieux, Arthur et Manon se cachent derrière le muret du chemin. Ils s'étonnent de voir descendre deux gendarmes et enfin Geordeaux, méconnaissable, plus voûté que d'habitude, les cheveux presque rasés dégageant ses grandes oreilles décollées. Une fois dans ce lieu familier, le nabot regarde autour de lui et s'enfuit comme un animal sauvage que l'on vient de libérer. Margot sort devant sa porte.

— Vous avez enfin compris que ce pauvre garçon n'est pas capable de faire de mal à une mouche !

— On a la preuve de son innocence ! dit un des deux hommes. Des gardes de l'Office national des forêts, qui le pistaient pour le prendre en flagrant délit de braconnage, ont assuré qu'à l'heure du crime il était à deux kilomètres d'ici.

— Qu'est-ce que je vous disais ? Mais il a fallu que vous le reteniez pendant quatre semaines au risque de lui faire perdre le peu de raison qui lui reste !

La jeune juge Stéphanie Masseret est à l'origine de cette libération. Depuis le début, elle ne croit pas à la culpabilité de Geordeaux et a fait intervenir des experts qui ont précisé que le coup reçu à la tête par Robert Maçon ne pouvait en aucun cas l'assommer. Lors d'une reconstitution, Geordeaux a montré qu'il était particulièrement costaud et que, animé par la colère, il aurait frappé beaucoup plus fort. L'enquête doit reprendre à son début, avec un élément nouveau : l'agresseur n'était probablement pas un homme, mais une femme. Maçon a dû être surpris et poussé dans la Loire. Il ne savait pas nager, plusieurs témoignages l'affirment.

L'enterrement du dernier descendant du comte de Morlay a lieu à Sully-sur-Loire où se trouve le caveau de famille des Maçon et où repose Anne de Morlay, morte deux ans plus tôt.

La juge Stéphanie Masseret s'y rend. Les cloches sonnent. Précédés par un prêtre, quatre employés des pompes funèbres portant un cercueil orné d'une croix dorée sortent de l'église. La foule se rassemble autour du corbillard. Stéphanie reconnaît, au premier rang, Albin Laurrière, sa sœur, Margot, qui a fait un effort de toilette. Ces deux personnes, qui ont passé leur vie à se détester, sont réunies pour conduire au cimetière le dernier descendant de l'antique famille du Chaumont détrônée par les Laurrière. À leurs côtés marchent Fabienne Laurrière et Baptiste Jacquart. La juge constate que l'élève ressemble au maître, même silhouette haute et sérieuse, même attitude.

Le cortège se dirige lentement vers le cimetière. Il fait encore chaud et lourd. La rue longe une sente bordée de gros marronniers. Ceux qui marchent derrière le corbillard apprécient l'ombre après avoir rôti de longues minutes sous un soleil brûlant.

Du tronc d'un gros marronnier, une silhouette blanche se détache lentement. Ses cheveux noirs tombent en grosses boucles sur ses épaules. Stéphanie Masseret l'observe un instant. Les rapports de gendarmerie ont noté la présence de cette Véronique Viroflet près du Chaumont à l'heure présumée du crime. Les médecins des Chênes la disent totalement inoffensive, mais qu'en savent-ils ? Quand le corbillard passe à sa hauteur, elle crache par terre et s'enfuit précipitamment.

Cette fois, ils sont deux, M. Mallaud, huissier de justice qu'Albin connaît depuis longtemps, et un autre.

Ils arrêtent leur voiture sous le tilleul centenaire du Chaumont. L'automne proche salit les feuilles de l'immense arbre, le soleil, assez bas, dispense une chaleur agréable après les pluies de la nuit dernière. La nature, vieille tout à coup, se fripe, rétrécit, les larges feuilles du noyer s'assombrissent. Pendant longtemps, ces signes étaient pour Albin Laurrière ceux d'un repos mérité et réparateur, d'un nouveau départ. Aujourd'hui, ils pèsent sur lui, l'écrasent, se superposant à sa propre vieillesse.

M. Mallaud claque la portière de sa voiture de fonction et attend son collègue, qui contourne le véhicule. Tous les deux portent une serviette de cuir marron. Cravatés, costumés, ils ressemblent à des robots télécommandés par la banque. Les faiblesses humaines ne semblent pas les toucher. Ils marchent vers la porte de la grande maison, porteurs d'un destin exprimé par les chiffres qui s'entassent dans leurs dossiers.

Albin comprend tout de suite ce qui motive leur visite. Il les laisse s'approcher et les salue, puis les invite à le suivre dans son bureau. M. Mallaud, qui n'a pas l'intention de s'attarder, entre dans le vif du sujet.

— Monsieur Laurrière, je suis mandaté par décision du tribunal de commerce d'Orléans. Le nouveau propriétaire du Chaumont vous laisse une semaine pour quitter les lieux dont il souhaite prendre possession au plus tard le 30 de ce mois.

Albin, étourdi par le coup de massue, chancelle, ouvre la bouche comme s'il étouffait. Sa lourde tête roule sur son épaule droite. Enfin, il se ressaisit et demande, d'une voix sans assurance :

— On a parlé de projets immobiliers ? Vous imaginez : construire des maisons à la place de mes pommiers !

— Je ne sais pas, mais c'est possible !

Albin trébuche en tournant les talons puis sort, sans un mot, la tête basse. Jamais un Laurrière n'a entendu pareille chose ! Il fait quelques pas, sourd à l'appel de M. Mallaud qui lui tend un papier à signer, contourne la maison et marche en direction des champs. Baptiste le voit et court au-devant de lui.

— Monsieur Albin, je vous en supplie, reprenez-vous.

— Laisse-moi, Baptiste. Je n'existe plus.

Il poursuit son chemin sans rien ajouter, d'un pas lourd qui n'est plus celui du patron absolu. Baptiste le rattrape.

— Monsieur Albin, je vous en conjure...

— Ne te mêle pas de ça ! Je sais ce que j'ai à faire !

Baptiste court à la grande maison, entre sans frapper, explique ce qui se passe.

— Mon Dieu ! fait Line. Il faut avertir les gendarmes. Reviens avec lui, surveille-le, j'ai tellement peur qu'il ne fasse une bêtise !

Fabienne accourt auprès de sa belle-mère. Manon et Arthur sont rentrés et se tiennent dans un coin de la vaste pièce. La jeune femme trouve Line en larmes, à côté de la fenêtre, qui surveille la cour déserte.

— J'ai peur ! dit-elle à sa bru, qui la serre dans ses bras.

Pourtant, vers sept heures, Albin rentre chez lui pour le dîner comme il le fait chaque soir.

Ce matin, Manon et Arthur s'attardent plus que d'habitude dans leur chambre parce qu'il pleut et surtout parce qu'ils redoutent cette journée pleine de menaces. Hier, il ne s'est rien passé. Après le dîner, grand-papa est allé se coucher sans un mot. Son visage blême, ses yeux toujours baissés montraient qu'il n'était pas dans son état normal. Alors, Manon touchait du bout des doigts la petite boîte en fer, devenue luisante à force d'avoir frotté contre le tissu d'une poche pendant plusieurs générations de Laurrière.

La fillette a peu dormi, mais suffisamment pour faire le cauchemar de voir Capucin quitter le Chaumont dans une bétaillère. On lui a bien dit que son cheval était unique, indispensable pour sauver son espèce, mais, une fois l'animal vendu, qui pourra empêcher le camion de le conduire à l'abattoir ?

Arthur sait qu'il ne peut pas prendre seul des décisions et s'y tenir. Il a tourné autour de son lit en faisant beaucoup de bruit pour montrer qu'il était réveillé, et a attendu que les pas de Manon résonnent sur le parquet du couloir pour sortir à son tour.

Ils se retrouvent sur le palier. Le premier regard qu'ils échangent leur confirme à l'un comme à l'autre qu'ils n'ont pas rêvé, que la réalité est toujours aussi lourde. En bas, leur mère prépare le café.

Ils passent dans la cuisine et regardent la pluie par la fenêtre. Un temps gris, triste, automnal. Ils embrassent leur mère sans un mot, boivent leur jus d'orange déjà prêt sur la table et quittent la maison. Fabienne non plus ne dit rien parce que le silence est le refuge de tous.

L'averse vient de s'arrêter. Des ruisselets courent entre les dalles de la cour, le tilleul se secoue au vent ; la fraîcheur surprend les enfants. Dans la grande maison voisine, aucun signe de vie n'indique que grand-papa est sorti. Baptiste et les ouvriers se préparent à aller cueillir les pommes. Une journée qui paraît trop ordinaire commence. Sans un mot, le frère et la sœur se dirigent vers la Loire, dernier bastion d'une liberté qui leur échappe. Ils arrivent, silencieux, au bout du sentier, marchent sur les bancs de gravier, contournent les flaques d'eau. Près du vieux saule, une silhouette blanche, accroupie, se dresse brusquement et s'enfuit en courant.

— C'est la folle ! dit Arthur. Qu'est-ce qu'elle fout là à cette heure ?

Ils arrivent à l'arbre. Une forme sombre se débat dans l'eau, frappe la surface de ses bras maladroits.

— Tante Margot ! crie Arthur.

Il se précipite, glisse sur la glaise gonflée de pluie, manque s'étaler de tout son long, mais réussit à s'accrocher aux branches basses du saule. Manon descend à son tour et ils tendent leurs mains vers Margot, qui s'y agrippe. Ils réussissent à la tirer sur le bord. La vieille femme s'ébroue, tousse, puis, reprenant son souffle, rampe jusqu'à un monticule de galets.

— Mes enfants ! Vous m'avez sauvé la vie ! dit-elle en toussotant. Je ne sais pas nager.

Trempée, Margot ne ressemble plus à la pocharde du château. Sa tête minuscule ne laisse voir que son nez pointu et ses gros yeux de batracien. Ses cheveux libres s'étalent sur les pierres en lourdes plumes. Elle tousse de nouveau puis tente de s'asseoir.

— Mes enfants ! répète-t-elle. J'ai vu la mort et ce n'est pas beau !

— Qu'est-ce qui s'est passé ? demande Arthur. Ne bouge pas, je vais aller chercher grand-papa. Il va appeler un médecin.

Margot secoue la tête et retient Arthur par la manche de son gilet mouillé.

— N'en fais rien ! Il ne faut en parler à personne. Ce qui s'est passé ? Je crois que j'avais trop bu et que je suis venue jusqu'ici sans savoir où j'allais. Il pleuvait, j'ai dû glisser !

— Tu avais trop bu ? Mais la femme qu'on a vue ? La folle ?

— Il n'y avait personne ! Je vous dis qu'il n'y avait personne !

Margot se dresse lentement, se met sur ses jambes, titube puis fait quelques pas.

— Ça ira, mes enfants. Je vais aller me changer. Passez me voir, je vous dois bien quelque chose puisque vous m'avez sauvé la vie !

Manon, qui n'a pas dit un mot et s'est tenue en retrait, se plante devant sa grand-tante, qui grelotte.

— La folle des Chênes, insiste Manon. C'est elle qui t'a poussée dans l'eau.

Margot se secoue comme un chien. Elle claque des dents.

— Je ne sais pas ce que tu veux dire ! Moi, je n'ai vu personne. J'ai glissé sur la terre mouillée, voilà tout !

Le silence de la Loire est celui du monde d'avant les hommes. Pourtant, le bruit du courant porte des voix tellement humaines qu'on se demande si, au-delà de la réalité des yeux et des sens, il n'y aurait pas autre chose, une interprétation du monde qui serait enfin la bonne.

— Qu'est-ce qu'on fait ? questionne Arthur. Moi j'ai vu la folle et je suis sûr que c'est elle.

— Tu as mal vu, voilà tout !

— Non, c'est la folle des Chênes qui passe ses journées à tourner autour du Chaumont ! répond Manon, d'une voix ferme.

— Tu ne vas pas accuser une pauvre fille qui n'a plus sa raison ? dit Margot en s'éloignant. Maintenant, laissez-moi aller me sécher et m'habiller. Vous passerez cet après-midi, j'ai quelque chose à vous dire !

Quand le téléphone sonne, la juge Masseret a l'intuition que quelque chose de grave vient de se passer. Le commissaire Blanc lui annonce d'une voix précipitée :

— Il y a du grabuge au Chaumont. Les gendarmes sont sur place, venez vite !

— Qu'est-ce qui se passe ?

— Le vieux Laurrière a pété un plomb !

— J'arrive !

Elle traverse rapidement Orléans et roule très vite vers le Chaumont. Plusieurs fourgons de gendarmerie stationnent dans la cour. Le temps est gris, plutôt frais, des nuages bas courent vers le nord-est.

Le commissaire Blanc, qui se trouve dans la cour en compagnie d'un groupe de gendarmes, vient la rejoindre.

— Ils sortent l'infirme, Laurrière a crié que tout était dynamité et que ça allait sauter d'un moment à l'autre.

— Et lui, il est où ?

— Sur la petite colline, derrière les ruines entre les grands noyers. Il menace de se faire sauter la cervelle. On parlemente, ça gagne du temps, et souvent c'est ce qu'il y a de mieux à faire.

— Vos hommes ne cherchent-ils pas à le neutraliser ?

— Pas pour l'instant. Ce n'est pas la peine de prendre des risques inutiles. On parlemente, je vous dis !

La juge suit l'allée qui conduit à la colline au-dessus de la Loire. De chaque côté, en bordure des rangs de pommiers, des caisses pleines de fruits attendent que les ouvriers les emportent dans les entrepôts réfrigérés. Le temps s'est arrêté. La jeune femme arrive en vue d'un groupe d'hommes cachés derrière une touffe de houx. La ruine ocre de la maisonnette du premier des Laurrière se trouve juste en face.

— Il dit que tout va sauter d'un instant à l'autre. On a évacué tout le monde et on attend.

— Il faut faire quelque chose, désamorcer les bombes !

Le commandant de gendarmerie se dresse devant Stéphanie Masseret. C'est un gars de grande taille, aux larges épaules, au visage rassurant.

— Vous en avez de belles, vous ! Personne ne veut risquer de se faire sauter la gueule. Et puis on ne dispose pas de spécialistes en explosifs ! Peut-être qu'il bluffe !

— On est allés chercher sa sœur ! dit un gendarme au capitaine.

— Drôle d'idée ! rétorque Stéphanie Masseret. Ils se haïssent.

— Justement, on va bien voir.

— Qu'est-ce qu'il veut ? demande encore la

juge, que le silence de tous ces gendarmes entassés au pied de la colline oppresse.

— Rien. Il veut juste détruire son domaine et mourir après.

Tout à coup, la voix assurée d'Albin Laurrière s'élève entre les noyers.

— J'ai empoisonné tous les vergers qui ne refleuriront pas au printemps prochain, les bâtiments vont sauter, cette terre redeviendra en friche, comme avant l'arrivée des Laurrière !

Le silence retombe. Les hommes se regardent, impuissants. Une tourterelle chante dans une aubépine.

Stéphanie Masseret fait quelques pas le long des rangs de pommiers. Les ouvriers, qui ont arrêté le travail, se tiennent en retrait, silencieux.

— Les enfants ! Où sont les enfants ? demande Fabienne tout à coup.

— On les a vus dans la cour du château. Ils doivent être avec leur tante.


En effet, dans l'après-midi, Arthur et Manon vont voir Margot, comme elle le leur a demandé. Ils sont impatients et en même temps anxieux, car ils sont certains qu'elle n'est pas tombée à l'eau après avoir elle-même trébuché.

Margot est dans la cuisine, vêtue et coiffée comme d'habitude. Au portemanteau se trouve un imperméable qui goutte.

— Cette pluie fait du bien, dit-elle en souriant à ses petits-neveux, j'avais un carré à désherber et l'averse ne m'en a pas laissé le temps.

— Où est Geordeaux ? demande Manon, qui

s'étonne de ne pas avoir vu le simplet depuis son retour de prison.

— Le pauvre, il se cache. Il a tellement peur qu'on ne vienne le chercher de nouveau ! Il ne sort que la nuit avec ses chiens parce qu'il ne veut voir personne. Assoyez-vous, je vais vous chercher des gâteaux.

D'habitude, ils protestent car les gâteaux secs de Margot sont moisis, mous et horriblement mauvais. Aujourd'hui, ils ne disent rien, d'abord parce qu'ils savent que ce n'est qu'une question de forme, ensuite parce que la solennité de la vieille tante leur impose de la retenue. Ils n'ont pas vu les fourgons de gendarmerie dans la cour du Chaumont, mais ils entendent des cris et ne sont pas pressés de quitter la vieille bâtisse qui les retient à l'abri d'un nouveau drame.

La tante revient avec une boîte en fer qu'elle pose sur la toile cirée, et se rassoit à côté de sa cuisinière.

— Vous avez été très courageux ce matin et vous m'avez sauvé la vie. J'espère que vous n'en avez rien dit à personne !

Ils secouent la tête, la bouche pleine d'un goût amer.

— Bon. Je vous ai promis une récompense. Vous savez que le Chaumont est vendu. Il ne reste que le château, qui m'appartient et que personne n'aura de mon vivant.

Le ton de tante Margot est tellement inhabituel qu'Arthur et Manon avalent les horribles gâteaux sans faire la moindre grimace. Elle qui, d'ordinaire, plaisante, raconte des blagues et n'aborde aucun sujet sérieux des adultes, parle avec une gravité qui dérange.

— Maçon, mon neveu, avait des droits, il est mort. Ma famille se réduit désormais à votre père et à vous. J'ai donc décidé par testament de vous donner le château du Chaumont, en propriété indivisible. Si Geordeaux est encore vivant à ma mort, vous devrez le garder ici. Voilà ce que je voulais vous dire !

Ils ont fini de grignoter tous les gâteaux de la boîte. Ils se regardent, car ils ne s'attendaient pas à ce que Margot vient de dire et qui les laisse totalement indifférents. Manon pense à la poupée de Geordeaux. Encore une fois, elle a envie d'en parler, cela lui brûle la langue, mais elle se retient.

— Vous savez, il s'est passé de drôles de choses, ici, lorsque nous étions jeunes. Ceux que vous voyez vieux aujourd'hui étaient pleins de vie, de fougue, bien différents. Votre grand-père en particulier. Il était très beau, il avait tout pour lui, sauf qu'il se prenait pour le roi !

On parle dans la cour, quelqu'un frappe, Margot va ouvrir. Deux gendarmes lui expliquent qu'Albin Laurrière s'est retranché dans les ruines entre les noyers et qu'il menace de se faire sauter la cervelle. Ils lui demandent de venir pour tenter de le raisonner.

— On ne s'entend pas ! Je vous assure, il vaut mieux que je ne m'en mêle pas.

Les gendarmes s'éloignent. Arthur et Manon ont entendu. Manon prend l'initiative.

— Viens !

Ils traversent la cour, s'enfoncent dans le sentier

et contournent les bâtiments du Chaumont par la Loire.

— Qu'est-ce que tu veux faire ?

— Aller chercher grand-papa ! Moi, il m'écoutera !

Ils s'approchent en marchant entre les rangs de pommiers. La pluie recommence à tomber, légère, un fin crachin qui mouille les visages.

Manon connaît tous les sentiers et leurs détours. Les enfants voient les gendarmes regroupés à un endroit précis. Ils n'ont pas de mal à les dépasser sans être vus. La voix du commandant de gendarmerie, amplifiée par un haut-parleur, monte dans le silence de la grisaille.

— Monsieur Laurrière, soyez raisonnable. Posez votre revolver et descendez. Aucune charge ne sera retenue contre vous. Votre femme veut vous parler.

— Albin, dit alors la voix pointue de grand-maman, douloureusement criarde, je t'en conjure, ne te fais pas de mal, nous avons tous besoin de toi !

— Tout va sauter ! crie encore Albin. Tout ! Les bâtiments, les entrepôts ! J'ai tout miné. Personne n'aura le Chaumont !

Arthur et Manon se regardent, apeurés. Tout à coup, Manon retient son souffle et murmure à son frère :

— Capucin ! Mon Capucin !

Elle tourne les talons et s'en va en courant. Arthur la rattrape et l'arrête.

— Qu'est-ce qui te prend, tu es folle ?

— Mon Capucin ! Je ne peux pas le laisser dans l'écurie !

— Arrête, je te dis !

— Laisse-moi. Il faut que j'y aille pendant que c'est possible !

Arthur veut la terrasser, mais la fillette se démène avec tant de force qu'elle parvient à se libérer et à courir vers les bâtiments. Le garçon la poursuit, le souffle court, la peur au ventre. Il arrive à la porte de l'écurie largement ouverte. À l'intérieur règne une nuit d'où n'émerge aucune lueur.

— Manon ! demande Arthur d'une voix altérée, car il redoute que le moindre bruit ne fasse tout sauter.

Un gémissement lui répond. Il entre dans la pénombre. Manon gît sur la litière près de Capucin.

— Je me suis cognée à la poutre. J'ai pas fait attention...

— Vite ! dépêche-toi.

Il l'aide à se relever. Un filet de sang coule du front de la fillette, serpente sur sa joue. Arthur ouvre la porte au cheval.

— Vite ! Ça va péter !

Ils sortent, s'éloignent, suivis du grand animal, puis s'arrêtent pour reprendre leur souffle.

— Mon Capucin ! On l'a sauvé ! fait Manon. Il faut l'emmener, il n'aime pas la pluie et pourrait retourner à l'écurie. On va le mettre à l'abri, dans la grange, près du lac.

Ils partent en courant. Capucin trotte calmement à côté des enfants lancés à toute vitesse. Ils l'enferment puis reviennent vers le Chaumont.

Un bruit formidable, qui fait trembler le sol, les renverse sur les herbes mouillées. Manon est secouée d'un rire nerveux. Arthur ferme les yeux.

Des voix s'interpellent, des cris retentissent, puis grand-papa hurle :

— L'écurie n'est plus que fumée. Maintenant, les maisons et les entrepôts vont y passer !

— Monsieur Laurrière, on vous en supplie, posez votre arme et descendez de la colline !

— Tout va sauter, je n'y peux plus rien et vous non plus ! Tout, je vous dis ! Et je me ferai sauter après !

Le silence retombe, lourd du bruit des gouttes sur les feuilles, plein de l'attente d'une nouvelle explosion. Un gros nuage de fumée noire s'élève au-dessus des arbres. Manon est tout à coup étrangement calme.

— Viens, on monte avec grand-papa !

— Tu n'y penses pas !

— Viens, je te dis.

Lourd de son indécision et de sa peur, Arthur ne peut que suivre sa sœur, qui prend toutes les initiatives. Ils se faufilent en évitant les attroupements de gendarmes, grimpent par un sentier dérobé, s'arrêtent à quelques pas des ruines.

— Je vais y aller ! dit Manon. Moi, il m'écoutera ! Toi, reste ici !

— Pourquoi il t'écouterait plus que quelqu'un d'autre ?

— Parce qu'il me fait confiance.

Sans hésiter, Manon marche vers la maisonnette, se cache derrière un monticule.

— Grand-papa, c'est moi, Manon. Je viens avec toi.

Un silence, puis la tête d'Albin se montre par une échancrure du mur. D'où ils sont, les gendarmes ne peuvent rien voir.

— Qu'est-ce que tu veux ? Va-t'en !

Manon tend vers lui, à bout de bras, la petite boîte luisante qui contient la terre de ce lieu d'où tout est parti. Le forcené hésite.

— Grand-papa, j'ai un secret à te dire. Le trésor du vieux comte, je sais où il est. C'est Geordeaux qui me l'a montré !

Un silence encore, puis Albin se montre de nouveau.

— Viens.

Manon se dresse, et, d'en bas, les gendarmes la voient entrer dans la ruine. Cela complique considérablement leur action. Désormais, ils ne peuvent rien tenter sans risquer la vie de l'enfant.

— Nom de Dieu ! hurle le brigadier. Il n'y avait personne pour surveiller ces garnements ?

Manon s'approche de son grand-père et le serre très fort contre elle.

— Grand-papa, je veux pas qu'on te fasse du mal. Je suis avec toi !

C'est peut-être la première fois de sa vie qu'Albin entend un tel propos, dénué de tout égoïsme.

— Monsieur Laurrière, crie encore le commandant. On sait que votre petite-fille est avec vous, laissez-la partir !

— Jamais ! dit une voix fluette d'enfant. Je reste avec lui.

Deux explosions simultanées font voler en

éclats la toiture de la grande maison d'habitation et les entrepôts. Les tuiles sifflent entre les arbres, des morceaux de poutres projetés dans les airs tombent sur les pommiers qu'ils fracassent. Des flammes s'échappent du toit dans une épaisse fumée noire. Plusieurs voitures de pompiers arrivent par la route départementale.

— Ils n'auront rien ! dit encore Albin, puis il éclate d'un rire sec de dément.

— Grand-papa, fait Manon en ouvrant la boîte de terre. Faut pas faire ça !

— C'est trop tard !

— Écoute, Geordeaux m'a montré les bijoux. Il me les a donnés. Tu peux les prendre !

— Quels bijoux ? D'ailleurs, je ne veux rien ! Je dois mourir !

Albin se dresse, regarde autour de lui, s'approche des ouvertures dans le mur. Il a perçu un bruit et pointe son arme.

— C'est Arthur ! Il est venu avec moi, précise Manon.

Elle aussi a entendu, et, alors qu'il n'y a aucun vent, elle voit nettement le feuillage d'un buisson bouger. Arthur est derrière elle, tout près du mur, ce sont donc les gendarmes qui tentent l'assaut.

— Grand-papa ! Je t'aime beaucoup, tu sais !

La sincérité du propos laisse Albin décontenancé pendant quelques instants, puis il se tourne de nouveau vers l'ouverture par laquelle il distingue à son tour un mouvement. Alors, il retourne l'arme contre lui.

— Grand-papa !

Manon se jette sur lui, le coup part. Ils roulent,

enlacés, sur les pierres. Des taillis proches surgissent une dizaine de gendarmes. Arthur se précipite vers sa sœur. On les relève. Manon sanglote, couverte de sang. Albin gémit. La balle a éraflé sa joue et sa tempe. Il se laisse emmener.

Tout le monde est enfin soulagé. Dans son fauteuil, restée en retrait, Line demande des nouvelles à Baptiste, qui lui ment en disant que tout va bien, Albin est un peu blessé, mais ce ne sont que des égratignures. Line fait oui de la tête, absente.

— Qu'est-ce qu'on va devenir ? se lamente-t-elle.

Les pompiers ont arrêté l'incendie de la maison et de l'écurie. Une fumée sombre monte encore dans l'air humide. Il reste la maison où habitaient Fabienne, Clément et les enfants. Albin reçoit les premiers soins dans la cour et tout le monde est rassuré : la maison neuve n'est pas dynamitée, il n'y aura plus aucune explosion.

Choquée, Manon pleure dans les bras de sa mère. Maintenant, elle se sent molle et sans forces. Elle s'étonne d'avoir eu autant de courage, de s'être comportée avec autant de calme. Des tremblements l'agitent. Arthur n'arrive pas à parler. Il se tient debout, comme absent. Le grand frère aimerait tant se blottir, lui aussi, contre sa mère.

Un groupe de gendarmes arrivent, poussant devant eux une femme vêtue de blanc, aux cheveux noirs bouclés qui tombent sur ses épaules frêles.

— On l'a trouvée tout près de la cabane. Elle parle d'une drôle de manière.

La juge Masseret et le commissaire Blanc reconnaissent tout de suite la folle des Chênes. Pourtant, Blanc lui demande :

— Qui êtes-vous, comment vous appelez-vous ?

La femme tourne vers lui sa face très claire, ses yeux bleus d'une grande profondeur. Sa beauté, la pureté de son visage étonnent car aucun indice, aucun signe ne laissent paraître sa démence.

— Je m'appelle Marie Dormeaux. Je suis morte il y a quarante ans exactement !

Blanc regarde Stéphanie Masseret d'un air étonné.

— Qu'est-ce que vous racontez ? Vous êtes Véronique Viroflet, malade de l'hôpital psychiatrique des Chênes.

— Non. Je suis Marie Dormeaux, la mère de Georges Dormeaux, que vous avez mis en prison. Mon premier corps gît au fond du lac. Depuis, je n'ai pas pu trouver le repos, mais tout s'arrange. Le coupable a payé.

— Bon, tranche la juge. Visiblement, cette femme n'a plus toute sa raison. Emmenez-la à l'hôpital. J'irai l'interroger moi-même.

Les gendarmes prennent la jeune femme par le bras et l'obligent à les suivre jusqu'à un fourgon. Ils la font monter à l'intérieur, ferment les portes et s'en vont en direction de la route départementale. Une heure plus tard, ils reviennent, affolés.

— On n'y comprend rien ! dit l'un d'eux.

— Qu'y a-t-il ? demande le commissaire Blanc.

— On longeait l'étang, on se méfiait pas. On

s'est retrouvés nez à nez avec un grand cheval au milieu de la route. Je me suis arrêté, la bête s'est déplacée tout doucement et mon collègue, qui était derrière, m'a dit : « Où est la femme ? » Elle avait disparu. On l'a pas entendue ouvrir la portière. On l'a cherchée, elle n'avait pas pu aller très loin. Pourtant, impossible de lui mettre la main dessus !

— Le cheval, vous l'avez laissé ?

— Il est entré dans la vieille grange. Mon collègue a fermé la porte...

— C'est Capucin ! dit Manon, qui a entendu la conversation et s'est rapprochée des gendarmes. Je l'ai emmené là-bas juste avant que l'écurie s'effondre. Je sais pourquoi vous n'avez pas trouvé la dame...

Les adultes la regardent avec curiosité.

— Elle est dans le lac, sous l'eau, enfermée dans un sac !

— Elle dit n'importe quoi ! fait Arthur, qui sort de son mutisme. C'est pour faire son intéressante !

— Bon, je vais passer aux Chênes en rentrant à Orléans, conclut Stéphanie Masseret.

La nuit est tombée. Fabienne a amené tout le monde dans la maison neuve, qui a été vendue avec le reste puisqu'elle appartenait en totalité à Clément. Arthur se tait. La présence de grand-maman, en pleurs dans cette pièce qui ne lui convient pas, fait mal au garçon. Son père lui manque, tout à coup, même si tout est arrivé par sa faute.

Manon aussi reste dans son coin. La fillette sauvage pense à Capucin et au Chaumont dévasté par deux explosions, et perdu pour elle. Comme grand-papa, elle maudit celui qui a conduit la famille à cette déchéance. Elle jure de le lui faire payer, car, au contraire d'Arthur, elle ne trouve pas de circonstances atténuantes à son père. Seul son cheval a droit à toutes les indulgences, et l'heure de la séparation approche. Capucin doit rejoindre un élevage près de Nancy où des passionnés vont l'utiliser pour la reproduction, mais la fillette ne peut s'y résoudre : Capucin ne peut être heureux ailleurs qu'au Chaumont et avec elle...

Grand-papa est resté à l'hôpital malgré ses blessures légères, et cela arrange tout le monde car on redoute qu'il ne tente de mettre fin à ses jours. Pourtant, il sortira bientôt. Line ne pense qu'à ça, et ne se satisfait pas des paroles rassurantes de sa belle-fille.

— Quand tout sera liquidé, il vous restera assez pour acheter une maison dans les parages. Il est temps pour beau-papa de prendre sa retraite et vous pourrez profiter un peu de la vie !

Profiter de la vie ! Est-ce possible en dehors du Chaumont quand on s'appelle Albin Laurrière ? Line secoue la tête et soupire.

— Il faut vous reposer, insiste Fabienne. Vous allez prendre la chambre d'amis. Demain, on y verra plus clair !

Le portable de Fabienne sonne, une musique aigrelette qui irrite tout le monde. C'est Baptiste.

— Je viens de retrouver les bidons vides du liquide qu'il a fait répandre par les ouvriers sur les pommiers et les poiriers, annonce l'employé. Un désherbant total qui tue tous les végétaux. Les pommeraies sont anéanties ; les champs mettront plusieurs années avant de retrouver leur fertilité. Une catastrophe !

— Qu'est-ce que ça peut faire, puisque l'acheteur est un promoteur immobilier ?

Fabienne éteint son téléphone.

— Je vais préparer à manger, décide-t-elle. Ensuite nous essaierons de dormir un peu !

C'est le service de nuit à l'hôpital de Gien. Albin Laurrière, seul dans sa chambre, ne dort pas. Les yeux ouverts fixés sur le plafond, il pense à son échec et s'en veut de sa maladresse : il n'a même pas été capable de mettre fin à ses jours. Manon, en se jetant contre lui, a dévié la balle qui lui a éraflé la tempe sans causer aucun dégât. Mais le vieil homme ne peut plus vivre. Chaque battement de cœur lui est une torture. Il n'est plus qu'une charogne étendue sur un lit d'hôpital. Désormais lucide, le poids de ses actes l'écrase. Pourquoi s'est-il retranché dans les ruines, pourquoi a-t-il eu besoin de se présenter en victime ? C'était la meilleure manière de sombrer.

Il entend les pas des infirmières de garde dans le couloir. Son cas est bénin, personne ne viendra le voir de la nuit. L'aiguille enfoncée sur le dos de sa main et retenue par un morceau de sparadrap l'attache à cette pièce. La perfusion a été maintenue pour lui redonner des forces et probablement pour le calmer, mais Albin a trop l'habitude de commander à son corps pour céder à la douce torpeur d'un narcotique. Il ne reculera plus : sa volonté dépasse les contraintes physiologiques.

Avec des gestes sûrs, sans se précipiter, il arrache le sparadrap et enlève l'aiguille. Une douleur vive contracte son visage. Enfin, il se lève, va à la fenêtre, traverse la pièce, écoute un instant à la porte. Pas le moindre bruit dans le bâtiment. Il s'habille rapidement, prend ses chaussures, sort et se dirige vers le bout du couloir où il se cache un instant, dans l'encoignure d'une porte ouverte sur une pièce sombre. L'escalier de secours est sur sa droite, il l'emprunte, descend lentement en retenant ses pas, débouche sur le parking. Personne ne l'a vu, il marche entre les voitures en se dissimulant puis réussit à quitter la ville sans difficulté, par la route départementale qui s'enfonce dans la forêt. Le voilà libre, enfin. Le ciel est couvert, la nuit sombre, mais Albin Laurrière connaît son chemin. Les gens de l'hôpital peuvent s'apercevoir de sa fuite, ils ne le trouveront pas.

Albin n'est pas un homme des bois, un de ces coureurs de sentiers comme Geordeaux, capables de se mouvoir aussi discrètement que le plus rusé des renards. C'est un paysan qui a le pied solide et le pas sûr. Il marche pendant plusieurs heures jusqu'au lac de Corcambron. Capucin, qui a reconnu son pas, hennit ; un bruit strident dans cette nuit humide au ciel lourd de pluie. Albin n'y prend pas garde et s'approche de la masse sombre du lac. Un peu de lumière blanche court sur la surface. Albin avance dans l'eau fraîche, s'enfonce jusqu'à la taille. Alors une jeune femme, très belle, brune aux yeux bleus, s'approche de lui. Il la regarde longuement en silence. Le temps s'est effacé.

La femme plante dans ceux du vieil homme ses yeux lumineux, comme elle le faisait autrefois. Elle ressemble à la folle des Chênes, mais ce n'est qu'une apparition car elle marche sur l'eau, légère comme de la fumée, transparente et en même temps tellement présente que la nuit en est illuminée. Sa jeunesse resplendissante éblouit l'esprit d'Albin ; c'est bien avec son esprit qu'il la voit, avec ses sentiments, qui n'ont pas d'âge. Il voudrait parler mais ne trouve pas ses mots.

D'ailleurs, il ne veut que le repos total, la fin de son calvaire, une rédemption qui passe par l'aveu de son aveuglement.

— Te voici enfin ! dit l'apparition. Cela fait quarante ans que je t'attends.

Il se souvient alors de ce terrible jour de printemps. Il était à la lisière de la pommeraie qui avance vers le lac. Il a entendu les cris de Marie, il l'a vue se débattre quand son agresseur la frappait et il a continué son travail.

— Je te gênais ; je ne pouvais plus te servir auprès du vieux comte que ta sœur dominait. Et puis ton fils contrefait ne pouvait être reconnu comme un Laurrière du Chaumont. Le domaine passait avant tout !

Il baisse la tête. Chaque nuit, depuis le drame, il a entendu les cris de Marie et ses remords l'ont tenu éveillé pendant de longues heures. Chaque jour, il a vu Geordeaux, fruit de cet amour dont il n'a pas voulu.

— J'ai payé, dit-il. Toute ma vie, j'ai payé.

— Et moi je t'ai pardonné. Viens.

Il marche vers le milieu du lac peu profond, tend les bras à l'apparition, l'étreint. L'eau monte à sa taille, puis à ses épaules. La lune se cache, efface les ondes qui courent vers la berge.

Le lendemain, un garde forestier découvre le cadavre flottant d'Albin Laurrière et avertit aussitôt les gendarmes et les pompiers, qui le repêchent. La juge Stéphanie Masseret fait conduire le corps au centre de médecine légale d'Orléans et décide d'avertir la famille.

Fabienne reçoit l'appel vers huit heures. Line et les enfants sont rassemblés dans la cuisine pour le petit déjeuner. Personne n'a dormi et grand-maman boude les tartines grillées de sa bru. Quand la sonnerie du téléphone retentit, la vieille femme comprend, ses yeux se remplissent de larmes. Fabienne note un numéro sur un morceau de papier, range son appareil. Manon pleure aussi. Arthur, le garçon au grand cœur, garde les yeux secs.

— C'est ainsi ! dit Fabienne. Je vais prévenir votre père.

Personne n'a vu, par la fenêtre, le soleil briller, un beau soleil après les pluies de ces jours derniers. Fabienne compose un numéro sur son portable. Clément ne lui répond pas.

— C'est Fabienne. Ton père est mort. C'est tout ce que j'avais à te dire.

Fabienne raccroche, tout à coup animée par une rancœur qui la rend plus lucide. Line ne survivra pas ; la victime, la seule, c'est bien elle. Manon et Arthur ont la capacité d'oublier tout cela. N'a-t-elle pas su écarter le voile noir sur son enfance de fillette délaissée, confiée aux uns et aux autres parce que sa mère n'avait pas de temps à lui consacrer ? Les grands-parents meurent et, depuis le commencement du monde, les petits-enfants s'en remettent très vite.

Line pleure toujours ; Manon, les yeux baissés, pense à Capucin qui doit avoir faim ; Arthur se dit que le collège va bientôt recommencer et que c'est très bien ainsi.

— Mais enfin, s'écrie Line, exaspérée, je ne comprends pas qu'on ait laissé partir un homme blessé seul dans la nuit.

Personne ne répond à cette remarque lancée comme un cri de désespoir.

La juge Stéphanie Masseret se rend aux Chênes, dépendance de l'hôpital psychiatrique d'Orléans où vivent une trentaine de malades qui bénéficient des grands espaces, de la liberté d'aller et venir à leur guise. Des ateliers ont été installés et la plupart travaillent à fabriquer des paniers, en vannerie, et des objets en bois. L'atelier de couture regroupe une dizaine de femmes qui confectionnent des vêtements pour enfants.

Véronique Viroflet y jouit d'une grande liberté. Les médecins la disent inoffensive et la laissent libre de marcher à longueur de journée dans la forêt.

La juge arrive assez tôt. Les pensionnaires se préparent pour une journée ordinaire ; des femmes rejoignent les ateliers de couture ; des hommes, dans l'allée principale du grand potager, se concertent pour les travaux de la journée.

Elle trouve Véronique dans sa chambre, prostrée sur son lit, insensible à ceux qui l'approchent.

— C'est ainsi depuis deux jours ! précise Mme Germain. On ne peut rien en tirer.

— Laissez-moi avec elle. Je vais essayer de la mettre en confiance.

La directrice sort, ferme la porte. Véronique garde la tête baissée. Le soleil est revenu, ses rayons égaient la pièce.

— N'ayez pas peur, commence Stéphanie Masseret, je veux seulement vous demander deux ou trois petites choses à propos de Geordeaux.

Véronique se dresse vivement, soudain présente.

— On vous a vue pousser Marguerite de Morlay dans la Loire...

La folle secoue la tête. Stéphanie prend conscience de la brutalité de son propos. Pourtant, elle poursuit :

— Comment vous appelez-vous ?

Le visage de Véronique s'illumine d'une lumière qui semble le traverser, qui le rend transparent. Stéphanie a, tout à coup, l'impression de sortir du temps, de flotter dans un air léger où l'éternité a un sens.

— Je m'appelle Marie Dormeaux.

— Qu'est-ce que vous dites ?

— Je venais d'Orléans, une famille d'ouvriers, poursuit Véronique. J'étais servante au château.

Stéphanie ne dit rien, de peur de rompre le charme, de couper ce fil fragile qui se déroule devant elle.

— Le vieux comte m'aimait et moi j'aimais Albin, qui ne pensait qu'au domaine et au château. Margot a essayé de m'ouvrir les yeux en m'expliquant que son frère se servait de moi. Nous nous sommes disputées. Et puis Geordeaux est né. Un Laurrière, le fils du seul homme à qui j'ai appartenu, Albin.

La juge a un imperceptible mouvement du visage qui arrête la femme en face d'elle.

— Margot, devenue mon ennemie, s'est acharnée à m'éliminer. Elle a fort bien réussi, surtout auprès du comte qu'elle ne me laissait plus approcher. Elle s'est acoquinée avec Maçon, l'époux d'Anne de Morlay venu réclamer sa part d'immeubles vendus et transformés en bijoux. J'étais de trop : les vautours redoutaient que la colombe n'ait mis la main sur les bijoux. Alors, je me suis tournée vers Albin, qui m'avait promis le mariage. Mais un Laurrière n'épouse pas n'importe qui. Je le gênais, avec mon rejeton contrefait. Il a vu celui qui m'a frappée pour me faire parler et m'a enfermée dans un sac pour me jeter dans le lac.

La folle s'arrête un instant, roule autour d'elle un regard absent.

— Depuis que je suis morte, je vois dans le cœur des gens et je connais la vérité. À partir du moment où il a appris la dette de Clément, Maçon s'est mis à tourner autour du domaine comme un fauve prêt à déchirer tout ce qui se trouvait devant lui. Il avait trop peur que Margot ne donne le fameux trésor du comte à son neveu ou ne vende le château pour racheter sa dette, le privant ainsi de sa part. Il a menacé Geordeaux, alors je l'ai frappé par surprise et je l'ai poussé dans la Loire. Quand je l'ai vu se débattre, car il ne savait pas nager, j'ai éprouvé une joie profonde, la première depuis quarante ans.

La folle secoue lentement la tête. Ses lourdes

anglaises noires luisent à la lumière de la fenêtre en roulant sur ses joues.

— Qu'est-ce que vous dites ? s'étonne Stéphanie Masseret, qui est entrée dans le jeu de la folle. C'est vous qui avez tué Maçon ?

— Oui, et c'est justice puisqu'il m'a jetée dans le lac et que, depuis, personne ne l'a inquiété. Il avait menacé Geordeaux : d'abord les chiens, ensuite mon pauvre garçon.

— Personne n'a été jeté dans le lac puisque les fouilles n'ont permis de trouver aucun corps !

— Plusieurs mètres de vase rendent les fouilles impossibles quand on ne sait pas exactement où se trouve le corps, à moins d'un coup de chance !

— Alors où se trouve-t-il ?

— Tout près du bord, à une dizaine de mètres, en face de la vieille grange.

La jeune femme se détend tout à coup, puis se laisse tomber sur le lit, la face contre la couverture. La juge reprend contact avec la réalité, retrouve la dureté de sa chaise. Le soleil illumine un coin du lit ; en face d'elle, la folle cesse d'être Marie Dormeaux.

— Continuez, pourquoi avez-vous tenté de tuer Margot ?

Véronique Viroflet lève sur elle ses grands yeux pleins d'interrogations et s'étonne :

— Quoi ? De quoi voulez-vous parler ?

— De cette femme qui a poussé Marguerite de Morlay dans la Loire !

— Je ne sais pas. Je ne sais rien.

Le fil est cassé. Stéphanie Masseret n'insiste pas.

La directrice revient dans la chambre. Véronique s'est de nouveau recroquevillée sur elle-même.

— Vous avez pu en tirer quelque chose ?

— Peut-être ! répond Stéphanie, qui se demande si elle n'a pas rêvé. Je devrais la mettre en garde à vue, mais, compte tenu de son état, je vais la faire transférer à l'hôpital psychiatrique d'Orléans.

Le lendemain, les gendarmes armés de longues perches fouillent le lac de Corcambron, à l'endroit indiqué par Véronique Viroflet, et trouvent très vite des restes humains enveloppés dans des lambeaux de tissu de chanvre. La disparition de Marie Dormeaux cesse d'être un mystère.

L'enterrement d'Albin Laurrière a lieu trois jours plus tard. En raison des événements, le nouveau propriétaire n'a pas fait expulser Fabienne, les enfants et Line, qui vivent toujours dans la maison neuve, l'appartement d'Orléans n'étant pas prêt. Line va partir dans un établissement médicalisé, afin de ne plus gêner Fabienne et de fuir le monde où elle n'a plus sa place. Après avoir pleuré deux jours de suite, elle garde les yeux secs lorsque le cercueil de son mari est descendu dans le caveau familial.

Clément n'a pas donné le moindre signe de vie ; son absence à l'enterrement est remarquée et commentée de diverses manières.

Le lendemain, Line Laurrière rejoint la maison de retraite de Gien. Fabienne lui promet de venir la chercher tous les dimanches pour déjeuner avec elle et les enfants. Line acquiesce de la tête mais sait qu'elle refusera. Ses souvenirs sont trop lourds à porter pour les brinquebaler d'une maison à l'autre.

Arthur et Manon ressentent le vide laissé par grand-papa. Quand il était là, les enfants le fuyaient ; maintenant, il leur manque. Le nouveau propriétaire a laissé encore une semaine à Fabienne pour déménager : ses projets immobiliers rencontrent de nombreuses difficultés, les autorisations administratives n'arrivent pas. Les agriculteurs locaux protestent contre la construction de maisons sur un domaine d'une telle qualité, aux fruits réputés, et font pression sur le maire pour qu'il refuse le nouveau plan d'aménagement des sols.

Manon n'oublie pas Capucin, à qui elle apporte un seau d'avoine chaque jour dans la vieille grange. Comme s'il redoutait son départ prochain, le grand cheval refuse d'aller brouter les herbes au bord du lac, se contentant des débris de paille entassés dans un coin du vieux bâtiment. Un camion doit venir le chercher, et la fillette n'arrive pas à se résoudre à cette séparation qui l'amputera d'une partie d'elle-même. Arthur qui, jusque-là, se disait indifférent au sort du « monstre » de sa sœur, ressent la même chose. Il va marcher le long de la Loire pendant des heures. Les sauts des poissons que la montée du fleuve a rendus actifs le laissent indifférent. Il fuit les bâtiments sans toiture, aux murs éventrés, ruines d'un passé dont il ne peut se défaire.

Les deux enfants refusent d'accompagner leur mère à Orléans pour aménager leur appartement.

Ils ne se disputent plus et passent ensemble de longues heures d'inactivité, unis par une angoisse sans nom. Ils rendent visite à Margot, qui a changé : sa voix s'est éclaircie, son pas s'est assuré et elle n'a plus au fond des yeux cette lumière floue qui la coupait des autres.

— Mes pauvres petits ! Je pense beaucoup à vous !

Ce matin, Fabienne est de nouveau partie à Orléans. Arthur et Manon se rendent à la vieille grange où Capucin hennit en les entendant arriver et tourne vers eux sa longue tête aux yeux tristes. Manon la prend dans ses bras et la serre longtemps contre elle. Des larmes roulent des yeux de ce garçon manqué que, d'ordinaire, rien n'émeut.

— Mon pauvre Capucin !

Ses nouveaux propriétaires doivent venir le chercher demain. La nuit dernière, Manon est restée de longues heures les yeux ouverts dans le noir pour trouver une solution. Ce matin, elle a mal partout ; elle n'a pas bu son bol de lait, tout son corps est noué.

— Viens, fait-elle à son frère en grimpant sur le dos du cheval accroupi.

Arthur ne bronche pas, sur ses gardes.

— Qu'est-ce que tu veux faire ? Tu sais bien que...

— Viens, je te dis ! C'est vrai que tu es gros, mais Capucin est très fort !

— Où veux-tu aller ? Il va me foutre par terre !

— Je te dis que non !

Enfin, Arthur grimpe sur le large dos qui se met en mouvement. Debout, Capucin fait quelques pas vers la porte, avance sur le sentier.

— Tu vois bien qu'il n'est pas si méchant, mon Capucin.

L'animal se met au trot. Arthur et Manon se taisent, enfin unis par un sentiment qu'avive chaque pas du cheval.

— On peut pas le laisser partir ! dit enfin le garçon.

Manon lui prend la main, qu'elle serre contre sa poitrine.

— J'ai demandé à tante Margot de le garder, annonce-t-elle, elle m'a dit que Capucin serait malheureux, qu'il valait mieux le laisser aller vivre avec d'autres chevaux. Elle a peut-être raison puisque je ne serai plus là pour m'occuper de lui.

— Mais Geordeaux, avec ses chiens...

— Geordeaux se cache dès que quelqu'un vient. Tante Margot dit qu'il lui faudra beaucoup de temps pour retrouver sa vie d'avant. Notre Capucin va s'en aller, voilà la vérité. J'ai pensé qu'on pourrait partir tous les trois se cacher...

— Tu sais bien que c'est impossible, qu'on finira par nous trouver. Capucin n'est pas une souris !

Manon ne répond pas, preuve qu'elle est de l'avis de son frère, et cela la désespère.

Ils arrivent au bord de la Loire. La démesure de Capucin et celle du fleuve s'unissent en une harmonie qui échappe aux contingences humaines. Le ciel est bas, chargé de lourds nuages qui roulent vers l'est, passent au-dessus des tours du château, pèsent sur les pommeraies désormais débarrassées de leurs filets. Le silence des collines, après le tintamarre de la moisson, écrase les deux enfants. Capucin y est probablement sensible puisqu'il a ralenti le pas ; ses larges sabots écrasent les galets qui crissent avec un bruit aigre plein d'une tristesse qui monte jusqu'aux nuages.

— On ne peut rien faire ! conclut Manon.

En se mélangeant au murmure de l'eau, ces mots s'amplifient et deviennent menace. Arthur les entend résonner en lui comme des gongs...

Fabienne rentre vers six heures, le soir, et annonce aux enfants que le camion de déménagement va venir chercher les meubles dans deux jours. Ainsi, la page du Chaumont va-t-elle se tourner définitivement. Manon et Arthur ne font aucune remarque, ils semblent résignés, et c'est ce qui inquiète Fabienne.

— Tante Margot m'a dit que vous pourrez venir chez elle pendant les vacances. Il paraît qu'elle ne boit plus !

Arthur et Manon se retirent dans leurs chambres sans un mot. Fabienne comprend leur peine mais elle sait aussi que cette rupture est indispensable pour qu'ils trouvent de nouveaux repères, pour qu'ils grandissent en oubliant les drames du passé. Son divorce sera moins pénible en dehors du Chaumont, où elle a été presque heureuse.

Depuis qu'elle lui a annoncé la mort de son père, Fabienne n'a pas rappelé Clément. Elle se force devant les autres à paraître forte, mais elle passe de longues heures à pleurer, la nuit, quand personne ne peut la voir. Plus que tout, l'injustice de cette séparation éveille une rancœur nouvelle qui aiguise ses nerfs. Au début, elle avait pensé que Clément voulait divorcer pour ne pas imposer sa présence de perdant, de minable par qui tout était arrivé ; alors, elle avait eu envie de le protéger, de l'aider. Maintenant, la certitude qu'il avait voulu être seul pour avoir la liberté d'aller au bout de son vice prévaut et lui donne la force de se rebeller, de faire face, de garder la tête haute. Clément est un bon à rien, Baptiste avait raison de le lui dire, même si elle ne peut se défaire de cet amour pour le père de ses enfants, lourd comme un sac plein d'épines qu'elle voudrait poser dans un fossé avant de s'enfuir à l'autre bout du monde. Elle a l'impression que chaque jour qui passe l'enfonce un peu plus dans un tunnel sans issue.

Ce soir, Arthur et Manon viennent dîner au premier appel de leur mère. Manon boude : demain matin, à l'aube, son cheval va quitter le Chaumont. La fillette n'arrive pas à manger la cuisse de poulet, qui refroidit dans son assiette. De son côté, Arthur, qui d'ordinaire se goinfre, ne touche pas aux pommes de terre sautées et se contente de grignoter son quignon de pain. À la fin du repas, Fabienne prend Manon dans ses bras et la serre très fort. C'est la fille qui rassure la mère.

— T'en fais pas, tout ira bien !

— Je te promets qu'on ira le voir aux prochaines vacances, à la Toussaint. Il comprendra qu'on ne l'a pas abandonné.

Manon ne répond pas. Elle se dégage des bras de sa mère et se réfugie dans sa chambre.

Après la vaisselle, Fabienne va la voir et la trouve dans son lit, lumière éteinte.

— Ma chérie, il faut se faire une raison. C'est ainsi.

— Oui, dit enfin Manon. Je sais que Capucin sera heureux, c'est tout ce qui compte.

Fabienne revient dans le salon où Arthur, affalé sur le canapé, fait semblant de suivre le programme de télévision. Vers dix heures, il embrasse sa mère et va se coucher à son tour. Fabienne reste encore quelques instants avant de regagner sa chambre. La nuit lui fait peur. Le silence de cette maison où elle a vécu avec Clément lui rappelle que, désormais, elle devra affronter la vie seule, comme au temps de son enfance maudite. Elle avait cru échapper à son destin et voici qu'il la rattrape. Elle hésite un instant avant de prendre son comprimé pour dormir, pour trouver l'oubli du néant. Finalement, elle se décide : une grosse journée l'attend encore demain à Orléans.

Vers minuit, une ombre se faufile dans le couloir et entre dans la chambre d'Arthur. Le garçon qui somnolait se dresse sur les coudes. Manon est en face de lui, ses yeux noirs sont étrangement clairs dans la nuit. Il se lève sans un mot, s'habille rapidement et sort derrière sa sœur. Ils descendent l'escalier en évitant la marche qui grince, même s'ils savent que leur mère, depuis quelque temps, prend un somnifère. Arthur tourne lentement la clef dans la porte qui s'ouvre sans bruit.

Dehors, la nuit est très sombre. Cependant, les

enfants distinguent nettement les contours clairs des bâtiments, la rangée de tilleuls entre les deux maisons, le chemin qui s'enfonce vers la forêt. Ils l'empruntent et marchent sans un mot jusqu'à la vieille grange dont la masse sombre s'élève devant les eaux que balaie une poussière lumineuse. Capucin, qui les a entendus, hennit et gratte la porte avec ses sabots.

Trois paires d'yeux lumineux s'allument tout à coup. Devant les chiens, ils remarquent la masse sombre de Geordeaux à genoux entre les herbes de la berge. Les enfants s'approchent et entendent ses sanglots étouffés.

— Geordeaux, demande Manon, qu'est-ce que tu fais ?

— Maman, Albin..., dit-il en reniflant.

Manon s'accroupit près du simplet.

— T'en fais pas, personne ne te fera plus aucun mal !

— Maman, Albin, partis... Toujours !

Il se redresse brusquement, siffle ses chiens qui le rejoignent et disparaît dans la nuit des taillis aussi silencieusement qu'une apparition.

Arthur et Manon entrent dans la vieille grange. Capucin s'ébroue.

— Allez, couche-toi, c'est pas l'heure de jouer.

Toujours aussi docile, le cheval obéit. Manon se pelotonne contre la tête de l'animal.

— Viens, Arthur, il ne te dira rien.

À son tour, le garçon se presse contre le cuir chaud de l'animal, qui ne bouge plus. C'est tout ce qu'ils ont trouvé ; leur présence est l'aveu même de leur incapacité de soustraire Capucin à son destin.

— Où qu'on l'emmène, ils le trouveront ! insiste Arthur. On ne peut rien. Il faut lui faire comprendre qu'on ne l'abandonne pas et qu'on continuera de penser à lui !

Manon a touché dans sa poche la petite boîte contenant la terre du Chaumont. Ce contact lui enseigne qu'un coup de folie ne résout jamais rien. Elle pense encore au bruit terrible du pistolet de son grand-père alors qu'elle roulait avec lui sur les pierres.

Le cheval n'ose pas bouger, pour ne pas déranger ses deux compagnons. Manon, tout près de son museau, sent son souffle régulier sur sa joue. Arthur, la tête posée sur le large cou, entend les sourds battements de son cœur. Le silence règne sur la vieille bâtisse, plein de la vie de son énorme occupant.

— Arthur ?

— Oui.

— Je voulais te dire... Sans toi, j'aurais pas eu le courage de venir ici. Depuis que... Enfin, depuis quelque temps, j'ai peur la nuit.

— Je sais ! dit Arthur, magnanime.

— Ça me fait penser que si tu avais meilleur caractère on pourrait bien s'entendre tous les deux...

— Et toi, si tu n'étais pas une petite chipie, une gnagnagna qui me cherche toujours, qui se mêle de tout et veut tout gouverner, on pourrait, en effet, s'entendre.

— Tu vois comment tu me parles !

— Je te parle comme tu le mérites ! s'écrie Arthur en se redressant, et la paille froissée sous ses jambes crisse avec un bruit sec.

— Tu n'es qu'un gros balourd !

— Ah bon ? Eh bien, débrouille-toi avec ton pantalon rouge qui attire les revenants ! Moi, je rentre à la maison.

Il s'est levé et fait un pas décidé vers la porte. Capucin, agacé par tout ce bruit, s'ébroue et se lève à son tour.

— Non, je t'en prie ! crie Manon. Ne pars pas.

Il n'en avait pas l'intention, car il redoute lui aussi la nuit d'encre et les chiens de Geordeaux, qui doivent rôder dans les parages. Son coup de bluff a réussi. Il en profite.

— Alors, dis que j'ai pas mauvais caractère !

Manon, la main posée sur la joue de Capucin, lui concède la victoire.

— D'accord, tu n'as pas mauvais caractère !

— Tu le dis mal. J'entends que tu penses le contraire !

— Mon cher frère, tu as un très bon caractère, c'est moi qui te taquine tout le temps !

— Bon, je reste parce que je suis un gentil. Mais toi, tu es une chipie qui veut tout gouverner !

Manon serre les dents dans le noir. Arthur ne perd rien pour attendre. Elle prendra sa revanche à la première occasion.

— Couche-toi, mon gros Capucin. C'est l'heure de dormir.

Arthur et Manon se pelotonnent de nouveau contre le cheval, qui s'est allongé sur la paille. Malgré eux, malgré les pensées douloureuses qui traversent leur esprit, ils finissent par s'endormir dans la douce chaleur de l'animal.

Du bruit, des voix venus de l'extérieur les réveillent en sursaut. Manon bondit sur ses jambes, Arthur qui l'a précédée est déjà à la porte, qui s'ouvre. Baptiste et deux hommes se tiennent à côté d'un camion arrivé jusque-là en marche arrière.

— Qu'est-ce que vous faites ici ? demande Baptiste, surpris.

Ils ne répondent pas. Capucin s'est mis sur ses jambes, imposant dans cette grange délabrée. Manon s'est postée à côté de lui, on ne voit que son pantalon rouge dans la grisaille du matin. Arthur la rejoint.

— Belle bête ! dit l'un des hommes. Et il semble tellement doux.

— Ne vous y fiez pas ! hurle alors Manon au bord des larmes. Si je le lui demande, il peut devenir enragé.

— Allons, Manon, tempère Baptiste. Il faut nous laisser faire notre travail. Ces deux hommes ont roulé toute la nuit, ils sont pressés.

Arthur passe son bras autour des épaules de sa sœur.

— Manon, tu n'y peux rien ! dit-il doucement.

Elle prend la tête de Capucin et la serre très fort. De gros sanglots secouent son corps tout entier.

— Mon Capucin ! T'en fais pas. Je reviendrai te chercher.

Les deux hommes, qui ont ouvert les portes du camion, sont émus. C'est Baptiste qui prend l'initiative et veut passer le licou à l'énorme bête, qui n'a jamais connu la moindre attache. Capucin secoue la tête et recule d'un pas.

— Allons, laisse-toi faire ! dit Baptiste en s'approchant de nouveau du cheval, qui le repousse du museau.

L'animal, bien décidé à ne pas se laisser attacher, hennit, frappe la terre de ses larges sabots, preuve qu'il s'énerve. Les deux autres viennent donner un coup de main au jeune homme et tentent de coincer la bête récalcitrante au fond de la grange, mais Capucin frappe avec ses jambes avant, bouscule ses assaillants, qui roulent sur la paille, et s'enfuit. Manon et Arthur ont assisté à la scène sans intervenir.

— Le con ! Va falloir appeler un vétérinaire pour le tranquilliser.

Baptiste se frotte le bas du dos. En tombant, il a heurté une poutre verticale et il ressent une violente douleur qui le retient cassé en deux.

— Il n'a jamais obéi à personne qu'à Manon ! dit-il en grimaçant.

Tous regardent la fillette qui pleure appuyée contre l'épaule de son frère. Ses cheveux, pleins de brindilles de paille, ont roulé sur sa figure rouge et se collent à ses lèvres mouillées.

— Manon, il faut que tu nous aides ! insiste Baptiste.

— Non, débrouillez-vous !

— Bon, fait le jeune domestique en sortant son téléphone, je vais appeler le vétérinaire de Sully. Il sera là dans moins d'une demi-heure. Il a des calmants pour taureaux et une carabine spéciale...

— Non ! hurle Manon, et son cri dérange plusieurs hérons, au bord du lac, qui s'envolent dans la brume éclairée par un jour nouveau.

Elle leur fait face, le visage contracté ; ses yeux lancent des éclairs. Arthur tente de la raisonner.

— Manon, il le faut !

— Non ! crie encore Manon en sortant vivement de la masure et en courant dans la direction prise par le cheval.

— Bon, on a assez perdu de temps ! Appelez le vétérinaire ! fait un des hommes.

Baptiste compose un numéro sur son téléphone. Arthur est sorti devant la porte. Une lumière rasante éclaire la brume au-dessus du lac. Il fait frais.

— On a du pot, précise Baptiste aux deux autres, le vétérinaire arrive tout de suite. Il faut maintenant retrouver le cheval. C'est qu'il peut être déjà très loin !

Baptiste connaît la forêt et sait que Capucin peut parcourir des kilomètres sans rencontrer la moindre clôture. Le bruit d'un galop qui se rapproche le rassure. Il voit alors débouler le grand cheval avec Manon sur son dos. L'animal se cabre, ses jambes avant fouettent l'air. Sa longue crinière, que Manon n'a jamais voulu qu'on coupe, déferle autour de son cou en vagues blanches. Il s'éloigne dans un galop puissant.

— Arthur ! Il faut que tu dises à ta sœur qu'on a assez perdu de temps ! insiste Baptiste.

— Va le lui dire toi-même ! répond Arthur, bourru.

Une voiture s'arrête devant le camion. C'est le

vétérinaire, un jeune homme qui, avant de s'installer à Sully-sur-Loire, a participé à plusieurs actions dans des réserves naturelles, en Afrique. Son expérience sur les grands animaux lui vaut d'être régulièrement sollicité pour maîtriser des taureaux récalcitrants ou des chiens méchants. Il salue tout le monde, ouvre le battant arrière de sa voiture et sort une carabine à lunette. L'arme surprend Arthur, qui ne se résout pas à voir quelqu'un tirer sur Capucin même si c'est seulement pour l'endormir. Alors il court dans le sentier, appelle Manon.

Les hommes se préparent à battre les taillis. Arthur s'interpose :

— Ce n'est pas la peine ! dit-il en regardant à nouveau l'arme. Ma sœur va revenir.

En effet, quelques instants plus tard, le galop du cheval fait vibrer la terre à leurs pieds. Capucin s'arrête devant le groupe, s'ébroue. Manon se laisse glisser à terre. Les yeux rouges, les cheveux collés à ses joues mouillées, elle sanglote toujours. Son regard s'arrête sur la carabine à lunette.

— Laissez ! dit Arthur. Le cheval va monter dans le camion.

Sans un mot, Manon va chercher le licou posé près de la porte.

— Mon gros chéri, il faut que tu me laisses faire.

Capucin baisse sa lourde tête et les mains de l'enfant ajustent les lanières de cuir autour de son museau. Un des hommes veut l'aider. Le cheval se dresse vivement.

— Non ! Il n'obéit qu'à moi, menace Manon.

Enfin, les épaules toujours secouées de gros sanglots, elle se dirige vers le camion.

— Allez, mon Capucin, tu vas partir pour un long voyage, mais, là-bas, tu auras des copains et des copines. Ils t'attendent tous pour faire la fête !

Capucin monte dans le camion sans montrer la moindre hésitation. Arthur entre à son tour dans le véhicule. Les deux enfants se pressent contre la tête du cheval.

— À bientôt, mon Capucin !

Manon, la tête basse, sort, soutenue par Arthur. Ils passent devant le groupe, qui n'a pas bronché, et s'éloignent lentement, sans un mot. Le vétérinaire se sent ridicule avec son arme. Baptiste ferme les lourdes portes du camion.

Manon, toujours soutenue par Arthur, ne pleure plus. Son corps s'est vidé de toute sa substance. Elle ne sent plus le sol sous ses pieds, n'entend pas les brindilles craquer. Le moteur, qui vrombit maintenant, fait un bruit de tremblement de terre. Une tempête dévaste les pensées de la fillette.

— T'en fais pas, petite sœur, on ira le voir aux prochaines vacances, c'est sûr !

Arthur aussi a envie de pleurer. La peine de sa sœur plombe ses pas, l'écrase, le plaque en face d'un mur qui cache l'avenir. C'est vrai que Manon est insupportable, capricieuse, qu'elle ne rate pas une occasion de le rabaisser, mais sa peine est également la sienne, et elle déchire son corps au point qu'il ne sait plus ce qu'il doit faire. Capucin était l'âme du Chaumont. Avec son départ, c'est toute une page de vie qui se tourne, et il redoute l'avenir. Le peu de temps passé à Orléans lui a montré qu'il ne serait jamais heureux dans la grande ville.

— Maman va s'inquiéter. Viens.

Elle se laisse conduire à la maison, où Fabienne vient juste de se réveiller. Le narcotique absorbé la veille lui laisse une tête lourde et des pensées peu précises. Elle s'étonne de voir entrer les enfants, qu'elle croyait encore au lit. Sans un mot, Manon passe devant elle, monte s'enfermer dans sa chambre. C'est Arthur qui explique la situation.

Fabienne rejoint la fillette, qu'elle trouve recroquevillée sur le coin de son lit, claquant des dents, la figure enfouie dans un coussin, le corps agité de tremblements. Elle la prend dans ses bras et la garde ainsi très longtemps, sans un mot.

— Ma chérie...

— Laisse-moi ! dit Manon de sa voix incisive.

Fabienne sort doucement de la chambre. Elle avait plusieurs rendez-vous à Orléans mais va les remettre. Manon ne peut rien entendre, il faut laisser faire le temps, et surtout se tenir à proximité.

Manon est restée prostrée dans sa chambre pendant deux longues journées. Arthur ne l'a pas quittée. Lui seul peut comprendre sa peine et trouver les rares mots qu'elle veut bien entendre.

Quand le camion de déménagement s'arrête dans la cour, la fillette accepte enfin de sortir. Ce départ, qu'elle a redouté pendant tout l'été, la libère.

— De toute façon, lui dit Arthur, tante Margot m'a prévenu qu'on passerait toutes les vacances au château.

— M'en fous ! Je ne veux plus jamais mettre les pieds ici !

Manon en veut à Margot et à Geordeaux d'avoir refusé de garder Capucin. Baptiste lui a pourtant dit que le cheval était bien arrivé et qu'il serait désormais avec d'autres animaux de sa race, de très belles juments à qui il ferait de nombreux poulains, qu'il était très heureux, Manon n'a rien voulu entendre. Penser que Capucin peut être heureux ailleurs qu'ici, et loin d'elle, lui est insupportable.

Quelques jours après le départ de Fabienne et

des enfants, Margot reçoit la visite de la juge Masseret, qui lui fait part des révélations de la folle des Chênes. Margot n'est pas étonnée :

— Jeanne Viroflet, la mère de Véronique, était une pauvre fille. Elle avait une grande affection pour Marie Dormeaux, qui l'avait toujours aidée. Ce n'est pas étonnant qu'elle ait tout raconté à sa fille. Je comprends qu'elle ait poussé Maçon dans la Loire. Il a tué Marie et n'a jamais été inquiété depuis quarante ans !

— Pourquoi a-t-elle cherché à vous pousser aussi dans la Loire ?

— Je ne suis pas toute blanche, ma belle. Marie et moi avons été ennemies autrefois, et je suis une Laurrière, ne l'oubliez pas !

Geordeaux a repris sa vie d'avant. Il s'occupe du jardin et, le soir venu, part en forêt à la tête de ses trois chiens. Margot supporte de plus en plus mal les bâtiments vides, le silence du fleuve, Arthur et Manon lui manquent.

— Le Chaumont est sur le point de se vendre de nouveau, précise-t-elle un soir à Geordeaux. Le promoteur n'a pas le droit d'y construire ce qu'il veut. Ce serait bien si nous pouvions le racheter pour nos deux petits-neveux car nous sommes bien seuls. Ce serait surtout le moyen d'oublier les vieilles querelles et toutes nos fautes. Mais nous ne sommes pas riches !

Geordeaux lève ses yeux bleus sur Margot.

— Je sais ! dit-il en posant son outil et en détalant comme un lapin.

Il court dans le chemin, jusqu'à la forêt, et revient quelques instants plus tard avec une boîte de biscuits secs qu'il pose devant Margot ; il l'ouvre et en sort la poupée de chiffon entourée des deux colliers de pierreries. Margot reste un moment étonnée puis sourit.

— Tu es un gentil garçon, mon Geordeaux. Où as-tu trouvé ça ?

— Maman !

La vieille femme prend le nabot dans ses bras et le serre très fort. Le fils de Marie et d'Albin Laurrière, qu'elle a combattus, est, par un hasard du sort, son seul compagnon au grand cœur. Les bijoux de la poupée, le prétendu trésor du comte, ne sont que verroterie, mais ils ont pour Geordeaux autant de valeur que s'ils étaient constitués de véritables diamants.

— Non, mon Gordeaux. On ne peut pas vendre ce qui appartenait à ta mère. Tu comprends, c'est tout ce qu'elle t'a laissé. Garde-le bien, cache-le pour que personne ne te le prenne. Il n'y a rien d'aussi important que ce qu'ils représentent !

Depuis l'enterrement de son frère, Margot oublie sa bouteille, le vin lui tourne l'estomac. Elle ne trouve plus la joie dans l'ivresse, mais au contraire le poids de sa solitude. Qu'a-t-elle fait de sa vie sinon décider de chaque instant en fonction de sa haine ? Elle s'est accrochée au château afin de ne pas être emportée par le courant et n'a gagné que l'amertume. Margot était faite pour l'amour, pour une grande passion. Au lieu de cela, la belle femme qu'elle était s'est donnée à un débile et a consacré son temps à détruire les autres. Elle s'est comportée en Laurrière et comprend qu'à la place d'Albin elle aurait agi de la même manière.

Le lendemain matin, Geordeaux s'étonne de la voir vêtue de sa belle robe noire ornée de liserés blancs, la seule qu'il lui connaisse et qu'elle porte chaque fois qu'elle s'absente du château. Elle a attaché ses cheveux gris en un gros chignon qui lui allonge le crâne et lui donne un air austère, presque sévère. Geordeaux grimace en sentant l'horrible odeur de son parfum.

— Je m'absente, dit-elle. Je ne sais pas pour combien de temps, deux jours, peut-être plus, tout dépendra des événements !

Geordeaux ouvre de grands yeux étonnés.

— Tu garderas la maison.

Le taxi qu'elle a commandé arrive. Elle endosse son antique manteau qui lui fait une silhouette d'ours, coiffe son chapeau orné d'une plume d'autruche, à la mode en 1930, cherche son sac à main noir posé sur une chaise, puis s'en va d'un pas résolu.

Le taxi la conduit à la gare d'Orléans où elle prend le train pour Paris, se rend rue d'Alésia, cherche le numéro où habite Clément, et commence à faire les cent pas sur le trottoir. Le ciel est gris mais il ne pleut pas. Margot attendra le temps qu'il faudra, deux jours, une semaine si c'est nécessaire. Elle a repéré un petit hôtel en face et y a réservé une chambre. Toutes ses économies vont y passer, mais cela n'a pas d'importance !

Finalement, la chance est de son côté. Vers quatre heures, une voiture se gare et celui qu'elle attendait en sort. Elle le trouve amaigri, mal vêtu :

la veste de son costume est trop grande, fripée, le col de sa chemise montre des ombres de crasse et sa cravate mal nouée pend de travers.

Clément marche, intrigué par cette grande et vieille femme qui le regarde intensément. Il reconnaît enfin Margot sous son accoutrement, s'arrête devant elle, incrédule.

— Tante Margot ?

— Et qui veux-tu que ce soit ? Qui, à part moi, aurait la force d'attendre des heures un crétin de ta sorte !

— Ma tante, je...

— Cesse de parlementer ! fait Margot en montant le ton. Tu te comportes comme un malpropre. Tu veux que je te dise ce que tu es ? Tu es un trou du cul, voilà ce que tu es !

Les passants se retournent. Clément les regarde, honteux des propos de sa tante. Il réagit de la pire manière.

— Je n'ai rien à te dire. Laisse-moi tranquille, j'ai autre chose à faire qu'à te parler.

— Ah, je voudrais bien voir ça ! réplique Margot, qui donne libre cours à sa colère. Tu as autre chose à faire ? Et qu'est-ce qui est plus important que ta femme et tes gosses ? Tu vas me le dire ?

— Cela ne te regarde pas !

Clément veut passer à côté de Margot pour rejoindre l'entrée de son immeuble, elle l'arrête.

— Je ne te lâcherai pas ! Tu vas me répondre : qu'est-ce que tu fous ici, quand ceux dont tu es responsable t'attendent dans un appartement à Orléans ?

— Ce sont mes affaires ! Laisse-moi passer.

— Non, je ne te laisserai pas passer. Tu devras me bousculer, me renverser, me marcher dessus. Je n'accepte pas qu'un pisseux comme toi fasse le malheur de ses enfants et en même temps le sien ! J'ai trop d'expérience de la vie, et surtout de la haine, pour ne pas te contraindre à retrouver le bon chemin !

Clément, qui comprend que Margot ne le lâchera pas, mesure son ridicule et tempère :

— Viens chez moi. On se donne en spectacle ici !

— Je m'en fous du spectacle ! La honte, c'est toi qui la portes.

Puis, se tournant vers les gens qui ralentissent le pas, elle crie :

— Regardez, mesdames et messieurs, cet âne bâté, ce déculotté qui veut divorcer parce que c'est la mode ! Les autres divorcent, alors pourquoi ce rien du tout ne ferait-il pas la même chose ?

— Allez, viens, je te dis !

Clément pousse Margot vers l'entrée de son immeuble. Il habite au rez-de-chaussée, une chance, car il n'aurait pas pu faire entrer cette tour ambulante avec son large chapeau dans le minuscule ascenseur.

— Et tu vis là, toi qui as grandi au Chaumont ? Parlons vrai : tu te caches !

À court d'arguments, Clément se laisse tomber sur une chaise. Margot arpente les trente mètres carrés de la pièce encombrée.

— Je suis venue te chercher ! dit-elle après un silence. Fabienne t'attend, Manon et Arthur t'attendent !

— Non ! Le divorce est en cours. Je paierai ma pension alimentaire à Fabienne, les enfants viendront passer les vacances avec moi. C'est mieux !

— Mais qu'est-ce que tu lui reproches, nom de Dieu, à Fabienne, qui est la douceur même ? Qu'est-ce que tu attends de la vie ?

— Je suis maudit ! Je ne peux que la rendre malheureuse !

— Cesse donc de jouer les héros romantiques ! Avec moi, ça marche pas. Tu es une face de cul, voilà ce que tu es !

Il secoue la tête, vaincu. Il n'ignorait pas le vocabulaire de tante Margot quand elle est en colère, mais au Chaumont, entre la Loire et la forêt d'Orléans, ses formules inattendues n'avaient pas autant de portée qu'entre ces quatre murs bien propres.

— Bon, t'es pas venu à l'enterrement de ton père, je te comprends. Sache pourtant que moi, qui ai plus de raisons que toi de lui en vouloir, j'y étais ! Ton absence ne t'a pas fait honneur !

— J'ai bientôt quarante-trois ans. Tu ne crois pas, ma tante, que j'ai l'âge de faire ce que je veux !

— Tu vas arrêter de faire le couillon, ou je te fous une paire de baffes comme à un gamin que tu es ! On n'a jamais l'âge de faire des conneries. Crois-moi, tous les Laurrière vont en enfer et toi, tu te prépares à les suivre !

Elle reprend son souffle, se laisse tomber sur une chaise en bois blanc qui gémit.

— Tu es un traîne-merde ! Voilà ce que tu es. Maintenant, tu vas m'écouter.

Elle pense aux derniers instants du comte, au

contact de sa joue contre la sienne quand il prononçait ses ultimes paroles. Un éclair dans son esprit, aussi net que si la scène s'était passée hier.

— Il est temps de tourner la page ! ajoute-t-elle en baissant le ton. Le château, finalement, je m'en fous ! Je l'ai défendu bec et ongles pour garder le droit d'exister. Maintenant que je suis seule, cela n'a plus d'importance. Ce dont j'ai besoin, c'est de toi, de Fabienne et des enfants, vous êtes ma seule famille, mon seul espoir dans l'avenir !

— Et alors ? Je te répète que Fabienne et moi divorçons.

— Tu fais donc partie de ces morveux qui divorcent au premier coup dur ? Au lieu de surmonter la difficulté ils préfèrent recommencer ailleurs, jusqu'au prochain coup dur. Tu veux que je te dise, ces moins que rien ne sont jamais heureux parce qu'ils ne le méritent pas. Le bonheur, ça tombe pas du ciel, ça se gagne jour après jour !

— Ma tante...

Il ne trouve plus d'argument et, tournant le dos à Margot, regarde la rue par la fenêtre.

— Taratata ! Le domaine est de nouveau à vendre. Ton père a su si bien l'empoisonner qu'il faudra attendre plusieurs années avant qu'il ne puisse produire, mais on n'est pas pressés. Je vais l'acheter pour toi.

Clément sursaute, se tourne vivement vers sa tante.

— Le racheter, mais avec quel argent ?

— Le château est une demeure historique qui vaut une grosse fortune. Je vais le vendre et avec l'argent j'aurai largement de quoi racheter les terres. Et ce sera pour vous, puisque Maçon est mort. Au fond, la folle des Chênes nous a rendu un grand service !

— Mais enfin, ma tante...

— Tu es vraiment un quintuple idiot. Tu préfères te morfondre dans ton coin ? Avec quel avenir ? Les cartes ? Moi, c'était le vin, et, crois-moi, cela m'a fait perdre beaucoup de vie que je ne retrouverai jamais. Alors, tu vas me suivre. On va rentrer à la maison et tu vas te réconcilier avec Fabienne qui pleure tous les jours à cause de toi !

Un soir du mois d'octobre. Fabienne corrige ses copies au bureau qu'elle s'est aménagé dans sa chambre ; Arthur fait semblant de travailler ses mathématiques mais rêve aux gros chevesnes près de la berge en dessous du Chaumont ; Manon, dans sa chambre, allongée sur son lit, imagine la vie de Capucin très loin d'elle, au milieu de juments ailées aussi légères que des anges...

On sonne. Fabienne lève la tête par-dessus son épaule et attend. La sonnerie retentit de nouveau, c'est Arthur qui va ouvrir, trop content de délaisser ses cahiers et de se dégourdir les jambes. La porte ouverte, le garçon reste sans voix.

— Eh bien, qui est-ce ? demande Fabienne.

En face de lui se tient la personne la plus improbable dans cet immeuble où tout est mesuré, trop petit, sagement ordonné.

— Tante Margot ? murmure-t-il.

— Et qui tu veux que ce soit ! dit Margot de sa voix rauque.

La vieille femme bouscule Arthur, toujours sous l'effet de la surprise, entre dans l'appartement. Son énorme manteau vole autour d'elle. Trop grande, trop imposante, elle ressemble à une grosse peluche, une sorte de Casimir de *L'Île aux enfants*.

Manon court l'embrasser. Fabienne, tout aussi étonnée qu'Arthur, s'approche, vaguement inquiète.

— Bon, annonce Margot, vous allez ranger vos affaires, faire vos valises, je vous emmène au Chaumont.

Fabienne fronce les sourcils. Qu'est-ce que cela signifie ? Margot n'est pourtant pas ivre, elle n'a pas cette voix pâteuse que lui donne le vin. Elle marche d'un pas assuré, conquérant, dans la petite salle de séjour.

— Qu'est-ce que vous dites ? Ce n'est plus possible.

— C'est possible. Le Chaumont est de nouveau à vous. Vous allez habiter dans votre maison, et sans rouspéter car vous ne méritez pas ce que je fais pour vous !

— Je veux pas y aller ! rouspète Manon.

— Clément vous attend, poursuit Margot. Je lui ai dit ma façon de penser, à celui-là.

Fabienne n'ose pas y croire. Elle reste un long moment muette devant Margot puis se jette dans ses bras.

— Si ça pouvait être vrai ! murmure-t-elle en embrassant sa tante.

Quelques jours plus tard, la famille a réintégré le Chaumont. Fabienne a retrouvé un Clément qui a besoin de temps pour redevenir lui-même. Il a décidé de ne plus jamais jouer au poker, même s'il sait que cette résolution lui demandera beaucoup de volonté. Il a stoppé la procédure de divorce, mais, dans sa tête, les obstacles sont toujours aussi difficiles à surmonter.

— T'as qu'à faire bonne figure, le reste viendra avec le temps, qui efface tout.

Margot sait par expérience que rien n'est aussi simple et redoute les réactions de son neveu. Elle ne cesse de lui faire la leçon.

— Tu comprends, on joue, on boit, on se drogue parce que quelque chose de la vie nous échappe et on a peur. On veut fuir, on se suicide pour ne pas regarder le monde dans le blanc des yeux. J'ai bu toute ma vie pour ne pas me trouver en face de ma solitude, qui n'était qu'une conséquence de mon égoïsme, de mes erreurs. Savoir se regarder tel qu'on est, et comprendre que la fuite n'apporte rien, que les paradis de l'alcool ou du jeu ne conduisent qu'à la souffrance est la première marche vers la réconciliation avec soi-même, vers l'amour des autres sans lequel il n'y a pas de vie possible. Rappelle-toi : le seul combat qui vaille, c'est celui que tu remporteras au jour le jour contre toi-même.

Depuis que la châtelaine a renoncé au vin, son teint a retrouvé de belles couleurs et son visage semble moins ridé.

— Je ne dis pas que je n'y pense pas ! Si, j'y pense beaucoup et même tout le temps ! La tentation est grande, mais votre présence me rend forte, car je ne veux pas perdre un seul des instants que vous me donnez !

En l'absence d'Albin, le domaine a trouvé une paix dérangeante car chacun a conscience d'être profondément injuste en éprouvant cela. Clément a fait appel à Baptiste pour remettre les terres en état. Les dégâts sont moins importants que prévu ; plusieurs parcelles ont été épargnées et pourront produire l'été prochain. Il reste surtout à replanter les pommiers et, là, il faudra quelques années avant de reprendre la commercialisation des précieuses pommes du Chaumont.

Arthur arpente de nouveau les bords de Loire, mais il n'a plus la tête à la pêche. Manon s'est enfermée dans une solitude douloureuse. La petite boîte contenant la terre ne quitte pas sa poche et elle la caresse du bout des doigts. Elle n'a plus la force de se disputer avec son frère.

Un soir, au retour de l'école, elle trouve Baptiste qui l'attend devant la porte de sa maison. Le jeune homme salue Fabienne, puis Arthur, et se tourne vers Manon.

— J'ai des nouvelles de Capucin ! dit-il.

Manon s'immobilise, son cartable pend au bout de son bras droit, le long de son pantalon rouge. Enfin, elle s'anime, repousse de la main gauche les cheveux qui chatouillent ses joues.

— Oui, poursuit Baptiste. Il ne va pas bien.

C'est une bonne nouvelle qui fait pourtant souffrir Manon. Que son cheval n'aille pas bien prouve qu'il s'ennuie, mais elle voudrait quand même qu'il soit heureux.

— Au début, il s'entendait bien avec les autres chevaux et puis, de jour en jour, on s'est rendu compte qu'il maigrissait. Ils ont cru qu'il était malade, mais non : Capucin refuse de manger.

— Mon Capucin ! crie Manon en jetant son sac. Mon Capucin ! On peut pas le laisser comme ça !

Arthur est là, en peine de sa personne. Il veut consoler sa sœur, qui le repousse, toutes griffes sorties.

— Laisse-moi ! Capucin a besoin de moi !

Manon court vers la maison, grimpe dans sa chambre et se laisse tomber sur son lit en sanglotant.

Arthur et Fabienne la rejoignent.

— Ma petite Manon, je te promets qu'on va le reprendre ici. Maintenant, on peut. Calme-toi.

Manon se dresse et tourne vers sa mère son visage rouge.

— Il faut y aller tout de suite ! Capucin m'appelle, je l'entends ! Ça fait plusieurs nuits que je rêve de lui, que je le vois étendu sur la paille, ses flancs maigres, et son regard triste tourné vers moi. Oui, il m'appelle !

— Qu'est-ce que tu veux qu'on fasse ? Papa ne rentrera pas avant demain soir. Écoute, dans deux jours, c'est samedi. On partira le matin très tôt et on sera en Lorraine en début d'après-midi. Ça te va ?

— Non, il faut partir tout de suite !

Fabienne sait qu'elle n'obtiendra rien de Manon et bat en retraite.

— Essaie de la convaincre ! demande-t-elle à Arthur.

Quand la porte est fermée, Manon se dresse sur

son lit et adresse à son frère un regard plein de défi.

— Personne ne veut m'écouter !

— Mais si ! Maman t'a promis !

— Non. Samedi, ce sera trop tard. Je sais où se trouve Capucin. Je vais le rejoindre. Il faut que tu m'aides !

Arthur, qui redoute un coup d'éclat de sa sœur, préfère se défiler.

— Mais ma pauvre fille, tu te rends compte de ce que tu dis ? C'est à côté de Nancy ! Il faut aller à Paris, changer de gare et de train, et puis, on te cherchera et tu ne pourras pas échapper aux contrôleurs ! Non, ma vieille, ne compte pas sur moi !

— Je vais y aller seule puisque tu es un poltron et un lâche ! insiste Manon. Mais tu n'en parles à personne !

— Pauvre fille !

Arthur claque la porte et part marcher sur la berge. En automne, la Loire change de couleur et d'aspect. Des troupes d'oiseaux se rassemblent sur la berge en contrebas du château que l'acquéreur veut transformer en hôtel de luxe. Tante Margot a décidé de venir habiter dans la grande maison de famille dont les travaux de remise en état ont commencé. Geordeaux restera avec elle ; ainsi, les deux Laurrière évincés du Chaumont au temps de sa splendeur seront-ils les derniers à occuper la demeure de leurs ancêtres.

Les pluies du début octobre ont fait monter le cours du fleuve dont les flots sombres rugissent en se heurtant à la falaise surplombée par le château.

Près du saule étêté, un courant puissant a remplacé l'eau calme de l'été. La mare, entre les roseaux où Arthur allait traquer les grenouilles, s'est perdue dans l'immensité mouvante de l'eau ; les monticules de sable et de gravier doré sont submergés, roulés, emportés par le courant.

La vie a repris comme avant. Pour échapper à la tentation, Clément s'efforce de rentrer tous les soirs, il en fait beaucoup trop par rapport au temps où on ne le voyait qu'une ou deux fois par semaine. Un mur invisible l'isole des autres ; chacun multiplie les efforts, pourtant le passé a du mal à s'effacer. Fabienne aussi en fait beaucoup trop et cela gêne Arthur, qui a envie de protester car tout se passe comme si sa mère demandait constamment pardon pour une faute qu'elle n'a pas commise.

Il se décide enfin. S'il est venu ici, c'est pour être seul, pour n'avoir à répondre à personne de son acte, qui lui coûte énormément. Il compose un numéro et porte son téléphone à l'oreille.

— Allô ! papa ? C'est Arthur.

Un silence. Clément ne s'attendait pas à cet appel et redoute une nouvelle catastrophe. Ses enfants ne lui ont toujours pas pardonné. Parfois, il se dit qu'il n'aurait pas dû écouter Margot. Le divorce aurait créé une véritable rupture, moins préjudiciable que ce non-dit persistant entre eux.

— Qu'est-ce qui se passe ?

— Capucin est malade. Manon veut le rejoindre.

— Mais c'est pas possible, voyons !

— C'est ce que je lui ai dit ! ajoute Arthur

d'une voix rapide. Pourtant, tu la connais, elle ne cédera pas. J'ai peur qu'elle fasse une bêtise.

— Et qu'est-ce que tu proposes ?

Arthur fait quelques pas. Il entend la respiration de son père, au creux de son oreille, ce qui le gêne pour réfléchir.

— Je sais pas ! Je voulais seulement te le dire !

Il coupe son téléphone pour ne pas entendre la réponse. À la maison, Fabienne corrige ses copies. Manon n'a pas quitté sa chambre. Arthur met le couvert pour le repas, trois assiettes puisque papa ne rentre pas, et va s'installer devant la télévision. Ce soir, il n'a pas envie de travailler. Lui aussi voudrait voir Capucin, le ramener ici pour qu'il guérisse de sa maladie d'ennui. Mais comment aller chercher cette montagne à l'autre bout de la France ?

Une voiture s'arrête dans la cour, sous la rangée des tilleuls qui perdent leurs feuilles. La portière claque, Clément entre.

— Mais qu'est-ce que tu fais là ? demande Fabienne. Je croyais que tu ne rentrais que demain soir.

— En effet je ne devais rentrer que demain soir, mais je me suis arrangé avec mes clients.

Il jette un coup d'œil entendu à Arthur puis cherche Manon. La fillette est encore dans sa chambre, prostrée sur son lit.

— C'est ainsi depuis qu'elle a eu des nouvelles de son cheval ! explique Fabienne.

Clément s'assoit sur le lit, à côté de la fillette, pianote sur son portable.

— Voilà, dit-il, j'ai pu appeler le responsable du

haras où se trouve Capucin. Nous avons beaucoup parlé tous les deux. Il veut t'entendre.

Clément approche le téléphone de son oreille droite et dit :

— Comme convenu, monsieur Mochet, je vous passe Manon, la grande amie de Capucin, la seule personne qu'il acceptait sur son dos.

Manon renifle, prend le téléphone. M. Mochet lui dit que Capucin ne va pas bien, qu'il ne mange plus et se laisse mourir d'ennui car il ne s'est pas adapté à la région ni à l'environnement.

— Bien sûr, s'écrie Manon. C'est la Loire qui lui manque.

— Attendez, ne quittez pas.

Manon entend une porte tourner sur ses gongs, des bruits de paille froissée.

— Je suis à côté de Capucin. Vous allez lui parler ! dit M. Mochet.

Manon hésite. Il lui semble tout à coup que son cheval est près d'elle dans cette pièce, invisible, mais sensible.

— Mon Capucin ! dit-elle enfin.

À l'autre bout de la France, M. Mochet tient le téléphone contre l'oreille du grand animal qui, aussitôt, dresse la tête, s'ébroue et pousse un long hennissement que Manon perçoit comme un cri d'adieu.

— Non ! crie-t-elle.

Puis, se dressant et se tournant vers son père :

— Il va mourir !

— Mais enfin, Manon...

— Je vous dis qu'il va mourir, on peut pas le laisser comme ça !

264

Elle jette sur ses parents un regard d'animal sauvage pris dans un filet. Les mèches de ses cheveux noirs tombent sur son front et ne laissent passer que l'éclat de ses yeux.

— Alors, on y va ! dit Clément. Je vais avertir M. Mochet.

Fabienne pense à ses élèves, à ses quatre heures de cours, le lendemain matin.

— Mais c'est pas possible, demain il y a classe et...

Elle n'insiste pas, vaincue. Déjà, Clément a attrapé sa veste.

— Il faut cinq heures ! C'est pas la porte à côté.

Ils partent sans prévenir tante Margot, qui regarde manœuvrer la voiture de sa fenêtre. Ils rejoignent l'autoroute à Orléans. Manon insiste pour que son père aille toujours plus vite. Quelque chose lui dit qu'ils arriveront trop tard. À côté d'elle, Arthur est tout aussi anxieux. Capucin n'est pas *son* cheval, mais il comprend que, sans lui, la famille n'est pas au complet. Ce soir, il a le sentiment de quitter son enfance.

Les heures défilent, mais personne n'a sommeil. Vers deux heures du matin, ils arrivent enfin au club du Cheval ardennais. M. Mochet a laissé la lumière allumée dans la cour et les attend dans son bureau. Il s'était assoupi, et ses cheveux en broussaille tombent en désordre autour de son crâne dégarni. Clément lui tend la main.

— Nous sommes les Laurrière. Merci de nous avoir attendus.

Les Laurrière ! Toute la famille rassemblée sous le même nom. Fabienne a dû venir jusque-là et dans un moment aussi grave pour éprouver une telle chaleur au cœur. Les Laurrière, réunis par un cheval mourant d'ennui !

Manon est sortie de voiture comme un diable de sa boîte. Elle trépigne d'impatience et en veut à son père de s'attarder sur les détails de leur parcours. Arthur se tient en retrait, frémissant car il a froid.

— Venez.

Ils entrent dans un bâtiment tout en longueur. Une forte odeur de cuir chaud alourdit l'air tiède.

— Capucin !

Manon a crié en courant vers le grand cheval étendu sur de la paille sèche. En l'entendant, il pousse un faible hennissement. La fillette se laisse tomber sur l'énorme tête de l'animal qu'elle serre contre elle.

— Mon Capucin ! Mon Capucin !

Le grand cheval rassemble ses jambes sous lui, fait un grand effort pour soulever la tête et regarde tour à tour Arthur, Fabienne et Clément. Manon, blottie contre lui, murmure des encouragements à son oreille. Ils sont donc là, les Laurrière, sa famille ! Ceux qui l'avaient abandonné sont revenus vers lui. Alors, dans un effort qui tend les nerfs de son cou, Capucin se met debout.

— Incroyable ! dit M. Mochet.

Puis, après avoir regardé de nouveau les visiteurs, l'animal qui vacille passe sa grosse langue sur la joue de Manon. Enfin, il perd l'équilibre, tombe sans quitter des yeux la fillette atterrée. Sa tête roule sur le côté.

Manon pousse un cri strident qui déchire la

nuit. Arthur court vers elle et la prend dans ses bras. Fabienne et Clément s'approchent à leur tour et constatent que Capucin a cessé de vivre.

Manon sanglote, une sorte de hoquet sec. Aucune larme ne coule de ses yeux fixes. La bouche entrouverte, elle respire à peine, immobilisée, terrassée par l'insoutenable réalité.

— Manon, voyons...

Tout à coup, elle se dresse en face des adultes, livide. Ses lèvres ne font pas leur habituelle moue mais restent serrées sur ses dents blanches, comme celles d'un chien qui s'apprête à mordre.

— C'est vous qui l'avez tué !

L'accusation éclate dans le silence comme une bombe. M. Mochet, visiblement gêné, se tourne vers la porte. Manon repousse sa mère qui veut la prendre dans ses bras.

— C'est vous, avec vos conneries !

L'accusation cingle Clément, lacère son esprit car c'est à lui qu'elle s'adresse.

— Ce n'est pas la peine de s'attarder ici ! précise-t-il. On s'en va.

M. Mochet explique que la place ne manque pas dans le bâtiment central où il reçoit régulièrement des groupes de cavaliers. Clément refuse, plus vite ils partiront d'ici, mieux ce sera.

Fabienne et Arthur poussent Manon vers la porte. Avant de sortir, elle leur échappe et court jusqu'au cadavre de son cheval. Une dernière fois, elle serre la grosse tête encore chaude dans ses bras.

— Mon Capucin, qu'est-ce que je vais devenir sans toi ?

Arthur ne le montre pas mais il est tout aussi triste. Après les cris de désespoir, le lourd silence de Manon lui fait mal. À l'avant, son père et sa mère se taisent. La route défile dans les phares, interminable, comme le sera la vie sans Capucin. Ils n'ont pas mangé, mais leurs estomacs restent noués.

Ils sont de retour au Chaumont au lever du soleil. Fabienne va téléphoner pour s'excuser de ne pas aller en cours ce matin et justifier l'absence de ses deux enfants. Manon se retire dans sa chambre sans un mot. Arthur va s'allonger sur son lit, mais, malgré la fatigue, il n'arrive pas à trouver le sommeil.

Deux jours passent. Clément est reparti sur les routes. Arthur marche de longues heures au bord de la Loire, sans se résoudre à faire quoi que ce soit. Manon ne quitte pas sa chambre, boude les friandises que sa mère lui apporte et refuse de s'habiller.

Le samedi, en début d'après-midi, un camion arrive au Chaumont en même temps que Clément, qui bavarde un instant avec le chauffeur et l'aide à faire descendre un tout jeune poulain, haut sur pattes et très maigre. Tout le monde est sorti pour admirer l'animal, Fabienne qui a rejoint Clément, Margot et Geordeaux. Arthur s'approche de lui avec une certaine appréhension, car il se souvient que Capucin le repoussait. Manon a entendu le bruit mais ne bouge pas. Fabienne entre dans la chambre.

— C'est ton cheval. Habille-toi vite !

— Je veux pas de cheval !

Elle reste sourde aux éclats de voix qui lui parviennent de la cour. Manon n'aime pas les chevaux, elle aimait Capucin, qui était plus qu'un cheval. C'était son ami et cet ami est mort à cause des adultes. Elle veut mourir aussi, pour qu'ils comprennent l'importance de leur faute. Fabienne est sortie en tirant la porte. L'escalier grince sous ses pas.

Tout à coup les marches se remettent à craquer sous un pas décidé. Margot pénètre dans la chambre.

— Tu vas nous faire ta tête de mule pendant encore longtemps ?

— Je veux voir personne !

— Tu veux voir personne ? Mais tu te rends compte de ce que tu dis ?

Margot s'est avancée jusqu'au lit, les poings sur les hanches ; elle regarde la fillette qui tourne la tête et ferme les yeux.

— Nonon, ma Nonon !

Geordeaux penche sur elle son visage ingrat, anormalement pâle depuis son séjour en prison. Il a encore perdu son béret et ses cheveux raides partent en épis désordonnés sur son crâne rond.

— Nonon, viens !

La fillette soupire, se dresse enfin sur les coudes.

— On t'attend en bas, dit Margot en poussant Geordeaux vers la porte qu'elle referme.

Dans la cour, Arthur tend une carotte au poulain, qui la renifle.

Margot le regarde un instant, et rejoint Fabienne et Clément qui rient de la maladresse du garçon. Geordeaux, toujours sur ses gardes, reste en retrait. Soudain, Manon apparaît dans la cour et se précipite sur son frère qu'elle écarte d'un geste brutal.

— Quel abruti ! crie-t-elle. Tu t'y prends comme un manche !

Tout le monde regarde Manon avec étonnement. Même Geordeaux fait un pas en avant en ouvrant de grands yeux curieux.

— Mais Manon, qu'est-ce qui t'arrive ? demande Fabienne.

Elle porte un pantalon gris. Toute sa silhouette en est transformée. Ses cheveux sont moins noirs, ses yeux moins pétillants.

— Quoi ? s'insurge Arthur. Tu crois qu'il y a d'autres manières de donner une carotte à un cheval ?

— Oui monsieur ! fait Manon en arrachant le légume des mains de son frère. Il y a d'autres manières !

— Faut encore que tu fasses ton intéressante devant tout le monde !

— T'es un gros balourd !

Arthur bouscule sa sœur sous les yeux étonnés du poulain. Le garçon et la fille se défient des poings.

— Et toi, t'es une merdeuse avec ton pantalon gris qui te va comme une soutane à un moulin à vent !

— Et toi avec tes bajoues de bouledogue...

Ils s'empoignent, roulent sur les dalles devant les yeux ébahis des adultes. Margot s'écrie :

— Voilà bien des manières de Laurrière ! L'esprit de famille n'est pas perdu !

Tout à coup, ils se redressent. La pensée de Capucin mort loin du Chaumont les rend graves, le souvenir du grand cheval couché sur la paille d'un box anonyme leur fait perdre toute envie de bataille. Ils se tournent vers le fleuve qui coule sous une auréole de brume. Arthur imagine ses parties de pêche aux meilleures heures du mois de juillet, le matin, quand le soleil rouge se lève sur une campagne que sa lumière fait vivre, et le soir, quand les poissons piochent la surface pour se goinfrer de minuscules insectes tombés sur l'eau comme les étincelles d'un incendie allumé à l'occident. Manon se dit que le poulain aura bientôt grandi et que, même s'il ne lui fait jamais oublier Capucin, il l'emportera dans des galops effrénés jusqu'aux lointains chemins de l'horizon.

— L'été reviendra ! dit Manon en saisissant la main de son frère.

— Et on sera heureux comme avant, ici, au Chaumont, avec la Loire..., murmure Arthur en pensant au gros brochet qu'il finira bien par prendre, près du vieux saule étêté.

Ouvrages de Gilbert Bordes (*suite*)

*Chez d'autres éditeurs*

BEAUCHABROL, Jean-Claude Lattès, 1981 ; Souny, 1990
BARBE D'OR, Jean-Claude Lattès, 1983 ; Souny, 1992
LE CHAT DERRIÈRE LA VITRE (nouvelles),
L'Archipel, 1994
DERNIÈRES NOUVELLES DE LA TERRE,
Anne Carrière, 2001
UNE VIE D'EAU ET DE VENT, Anne Carrière, 2003
LES ÂMES VOLÉES, Fayard, 2006
LA PESTE NOIRE, XO, 2007
   1.  LA CONJURATION DES LYS
   2.  LE ROI CHIFFONNIER

*Impression réalisée par*

**BUSSIÈRE**

GROUPE CPI

*à Saint-Amand-Montrond (Cher)*
*pour le compte des Éditions Robert Laffont*
*en avril 2008*


La photocomposition de cet ouvrage
a été réalisée par
GRAPHIC HAINAUT
59163 Condé-sur-l'Escaut


N° d'édition : 48695/01 — N° d'impression : 081337/1
Dépôt légal : mai 2008

*Imprimé en France*